新潮文庫

がんこ長屋

―人情時代小説傑作選―

池波正太郎　乙川優三郎　五味康祐
宇江佐真理　山本周五郎　柴田錬三郎

新潮社版

9786

目次

がんこ長屋

―人情時代小説傑作選―

蕎《そ》麦《ば》切《きり》おその

池波正太郎

池波正太郎（いけなみ・しょうたろう）

一九二三年、東京・浅草生れ。小学校を卒業後、株式仲買店に勤める。戦後、東京都の職員となり、下谷区役所等に勤務。長谷川伸の門下に入り、新国劇の脚本・演出を担当。六〇年、『錯乱』で直木賞受賞。『鬼平犯科帳』『剣客商売』『仕掛人・藤枝梅安』の三大人気シリーズをはじめ、膨大な作品群が絶大な人気を博す。九〇年、急性白血病で死去。

一

蕎麦粉《そばこ》と酒で、お園《その》は生きていた。

蕎麦切でも蕎麦掻《が》きでもよかった。他《ほか》の食べものは一切受けつけない異常体質なのである。

四年前の安永三年の冬から、東海道藤沢宿《ふじさわしゅく》、桔梗屋《ききょうや》という旅籠《はたご》で、女中奉公をしているお園であった。

奉公したての頃には、他の女中の饒舌《おしゃべり》からお園の身上を知った泊り客などが、うるさく問いかけるたびに、お園は、たまらなく哀《かな》しく、腹立たしく、

「私の前世は、きっと蕎麦の花だったんでしょうよ」

こう言返して、あとは、不機嫌に、ぷつんと口を閉じてしまったものだ。

お園は十九歳で、故郷の信州・飯山《いいやま》から桔梗屋へ奉公に来た。その頃のお園の痩《や》せた小さな体は見るからに乾いていて、針のような細い眼が孤独な反抗に光っていた。

目尻《めじり》が引攣《ひきつ》れるほど無造作に引詰めた髪の、その自棄《やけ》な引詰め方にも、自分自身への

反抗が漂っていた。

　四年たった今では、お園は大分変ってきた。無口なことには変りもないが、朋輩《ほうばい》から嫌われるような偏屈なところも薄らいできたし、体には女らしいふくらみもつき、紅《べに》ぐらいはつけるようになってきている。

　それも、彼女が持つ特技が冴《さ》えてきて、その特技が桔梗屋の売りものとまで評判をとるようになったからだ。

　わざわざ江戸から、お園のつくる蕎麦切を食べに十二里十二丁の道中をやって来る客も多い。ことに、大山詣《おおやままい》りの講中が宿場にあふれる夏の頃は、桔梗屋の書入れどきであった。

　去年から桔梗屋では、大台所につづく中庭に〔蕎麦どころ〕というのを建増したものである。

〔蕎麦どころ〕の中央には蕎麦切をつくる一切の道具がととのえられ、これを囲んで客が坐《すわ》る席が設けられてある。

　お園は、わが手捌《てさば》きに見蕩《みと》れる客の面前で、宿の若者をテキパキと指図しつつ、縦横無尽に、麺棒《めんぼう》と大包丁を振って立働くのだ。

　蕎麦粉をこねる、引伸ばして畳み、切って熱湯であげ、冷水にさらした蕎麦の玉を、お園は、ぽんぽんと客に放り投げるのである。

お園の手を放れて飛んだ蕎麦の玉は、必ず客の持つ椀《わん》の中か客の膝《ひざ》の前の笊《ざる》の中へ命中した。誤って他に落ちることは全くない。

こういうときのお園は人が違ったようになる。彼女の瞳《ひとみ》は精気をはらんで輝き、血がのぼった頰が汗に湿って美しかった。

蕎麦を切る包丁の律動的な音が絶えたかと思うと、お園の視線は素早く、空になった客の椀や笊を見出《みいだ》し、その手は傍《かたわら》の蕎麦玉を掬《すく》いとって四方八方へ投げる。また包丁がなる。

客の数が多いほど一点の乱れも見せぬ手捌きの鮮かさは、客の目を奪った。

また、お園が打つ蕎麦の味は、評判を聞伝え、ことさら試食に訪れた、江戸浅草・旅籠町の蕎麦屋〔万屋《よろずや》〕の主人を唸《うな》らせたほどのものである。

蕎麦玉を投げ、再び包丁を摑《つか》むときに、お園は、これを天井すれすれにまで放り上げ、落ちてくるのを受けとめて、間《かん》、髪《はつ》を容《い》れず蕎麦を切りにかかる。包丁と蕎麦玉が同時に飛ぶこともあった。

包丁のきらめきと蕎麦の玉と麺棒とが、空間で魔術のように操られ、客はどよめいた。

お園の、活力に満ちた鮮烈な動作は客の食欲をそそり、客を酔わせた。

藤沢宿桔梗屋のお園といえば、蕎麦好きの江戸のものの口の端《は》にのぼるようになったし、桔梗屋の繁昌《はんじょう》ぶり、この二年ほどの間に、二十人がやっとだった客部屋が七十人から八十人の客を入れるほどに建増しされたのを見てもわかる。

藤沢宿には本陣の前田源左衛門の他に、大小七軒ほどの宿屋があるのだが、いずれも桔梗屋のすさまじい進出に圧迫された。

「桔梗屋は、見世物で客を釣り上げていやがる」

「あの蕎麦切女中が、どこかへ嫁に行ってくれさえすればいいのだが……」

「柏屋《かしわや》さん。蕎麦粉しか喰《く》えないあの女を嫁に貰《もら》い手があるものかい」

「それならひたち屋さん。あの女が婆《ばあ》さんになり手足が利《き》かなくなるまで、われわれは指をくわえているのかね。冗談じゃない、乾上《ひあが》っちまうよ」

と、こんな同業者の鬱憤《うっぷん》が、どんな形に移行するか、などということは少しも念頭になく、桔梗屋の主人・治太郎と女房のおないは、商売の盛況に陶酔していた。

「お前の遠縁だからというので、四年前にお園を引取ったときには、私もいい気持じゃアなかったよ。けれども、こうなって見ると、お園は福の神だね」

「あの子を甘やかせちゃアいけませんよ。あんな片輪ものを引取ってやったのは、よくよくのことなんですからね」

信州・飯山城下で石屋渡世をしていたお園の父親が後妻を貰い、二児をもうけてからは、お園の立場がいよいよ苦しいものとなった。

むろん近在の農家でさえも、お園の異常体質は嫌悪《けんお》されたし、家を出て縁付くことも出来なかったのである。

特異体質だが丈夫でよく働くということなので、桔梗屋が引取ったわけなのだが、相模国《さがみのくに》は昔から蕎麦を好む風俗もあったことだし……。

「一日に蕎麦切と酒一合で、福の神が鎮座ましまして下さるのだから、こたえられないね」

「どうせ嫁にも行けないのだし、うちで飼殺しにするより仕方がありませんねえ」

ひそかに、こんなことを語り合っている主人夫婦に、しかしお園は感謝していた。

飯山にいた頃の、激しい絶望にさいなまれていた自分を考えると、どうにか生きて行けそうな気がしている今の自分が夢のようにも思われる。蕎麦を打つばかりでなく、客をもてなす一つの芸として苦心の工夫をしてみたのも主人に報いたいからであった。

小娘だったお園が何度も自殺しかけるたびに、その気配を察し、おろおろと止めにかかった気の弱い父親も、この春に病死していた。

そのときも、お園は故郷へ帰らなかった。

二

その年の秋に、小田原城下の蠟燭《ろうそく》問屋へ嫁いでいる桔梗屋治太郎の妹が子を産んだ。

その祝いをかね、治太郎の女房が小田原へ出かけた。二日ほど滞在し、女房のおないが藤沢へ帰って来ると、宿場の手前の引地《ひきじ》村の外れにある〔やくし橋〕という橋のたもとで、桔梗屋が置いている四人の飯盛女《めしもりおんな》のうちの、おだいというのが女房を待受けていた。

「何をしているのだい、こんなところで……」

女房は叱《しか》りつけた。

夕闇《ゆうやみ》も濃くなってきている。

「それが、おかみさん……こんなことを言っていいかどうかわからないんだけど、店へお入りンなる前にね、ちょいと、耳に入れておきたいことがあったもんだから……」

と、おだいが秘密めかして言う。

女房は、後ろにいる店の小者に荷物を持たせて先に帰した。

「何だい？　言ってごらん」

ぶらぶらと宿場へ向って歩きながら、女房は催促した。

「へえ――じゃア言いますけれどね。実はねえ……」

お園と主人の治太郎が密通していると、おだいは言った。

「そう言っちゃア何だけど、あの体してて、おかみさんにも、あれだけ世話をかけてるお園さんでしょ。なのに、まるでおかみさんを踏みつけにしたあれだもんだから、私も黙っていられなくなっちゃってねえ」

「フム。そうかえ……」

「今度が初めてじゃアないんですよ。今までにも……でも何だか私も言い辛《づら》かったもんだから……」

「フム。そう……」

宿場の灯が見えるところまで来て、女房は、おだいに固く口止めをし、先へ帰した。

豊満な体をしているおだいは飯盛の中でもよく売れていて、桔梗屋名物のお園に張り合い、仲がよくないことは女房も知っている。自分の留守に二晩もつづけて、治太郎の寝間へ入るところと出て来るところを見た、というおだいの言葉を、そのまま信じてよいものかどうか……。

治太郎は前にも、遊行寺《ゆぎようじ》下《した》の料理屋の女に手を出して、夫婦の間でもめたことも両三度はある。

（ないとは言えないけれど……）

一時は、一散に駈《か》け戻り、治太郎の胸倉をとってやろうとも思ったが、うっかり早まったことをして、お園が出て行くようなことになったら取返しのつかぬことになると、女房は考え直した。

何しろ、お園の蕎麦切で繁昌している店だ。

女房は気ぶりにも出さず、店へ帰った。

冬が来た。

寒くなると中庭の〔蕎麦どころ〕の炉に火が入る。夏場ほどのことはないのだが、それでも泊り客の夕飯は〔蕎麦どころ〕になることが多いのである。

年も押し詰った或《あ》る日のことであったが、蕎麦を切っているお園が急に吐いた。馴《な》染客《じみきやく》が四人ほどいて、挨拶《あいさつ》に出ていた女房の顔色が変った。

（お園のやつ、悪阻《つわり》だ！）

それでもまだ女房は黙っていた。

年が明けると、お園の妊娠は確定的な噂《うわさ》となった。

「白状したらどうなんです！」

女房に問詰められ、治太郎は、

「馬鹿《ばか》を言うもんじゃアない。何を証拠にそんなことを言い出すのだ」

「おだいが、みんな話してくれました」

「何だと!!　よし、おだいを呼べ」

治太郎と相対しても、おだいは一歩も退《ひ》かない。今更、お逃げになるなんて旦那《だんな》さんは卑怯《ひきよう》じゃありませんかと、反《かえ》って治太郎に喰ってかかった。

激怒した治太郎がおだいを擲《なぐ》りつけ、蹴倒《けたお》した。それでも退かない。また撲った。

治太郎の怒りが発散すればするほど、女房の疑惑は深まり、強硬に自説を曲げぬおだいへの信頼が増加した。

女房もついに我を忘れた。

お園が呼びつけられた。

お園は黙っていた。

身ごもっていることは確かに認めたが、誰の子だとは言わない。しかし治太郎の子ではないと言い張るのである。

「言っておくれよ、お園。お前が言ってくれないのじゃア、私が困る」と、治太郎も終《しま》いには哀願の調子になったが、頑として応じない。

このときのお園と治太郎の様子を、冷静に観察すれば、二人の間にはやましい関係がないということが看取された筈《はず》なのだが……。

永い間、疑惑を打消しつつ、お園を失うことの危険さを計って鬱積《うっせき》した女房の怒りだけに、それが爆発すると後戻りが出来なくなってしまっている。それでも、

「出て行け！　お前なんか……」と叫んだとき、女房の脳裡《のうり》には、ちらりと夏場の大山詣《まい》りの講中が、舌鼓《したつづみ》をうってお園が打つ蕎麦切を啜《すす》り込んでいる情景が浮び上った。

（早まっちゃアいけない……）

ハッと気をとり直したときに、お園が両手をつき、叫ぶように言った。

「おたのみ申します。このまま置いてやって下さいまし。いっしょうけんめい、これからも働きます。働かせて下さいまし。子供を育てさせて下さいまし」

もしもお園が、出て行けと言われて、しょんぼり立上ったとしたら、女房は何とか止めにかかったであろうが、日頃無口なお園にしては必死の気魄《きはく》がこもった嘆願に、女房は一寸気圧《ちょっとけお》された。気圧されたことに女房は癇《かん》をたてた。

「図々《ずうずう》しいやつだ。出て行け。出てお行き!!」

傍にあった算盤《そろばん》を摑《つか》み、女房は厭《いや》というほどお園の頭を打った。

「おかみさん……」

ひるまずに尚《なお》も哀願しようとするのへ、女房が叩《たた》きつけるように言った。

「片輪ものが哀れだと思えばこそ養ってきてやったのに、お前は、恩を仇《あだ》で返す気なのか!!」

ここで、お園の上気した顔のいろが、さっと鉛色に変った。

「おない、お園を手放して、どうするつもりなのだ」

あわてて治太郎が中に入ったが、遅かった。

こうなれば女房も狂人のように喚《わめ》きたてるばかりだし、寒中にびっしょり汗をかいた治太郎が女房を説き伏せようとかかっているうちに、すーっとお園の姿が消えた。

帳場から土間、廊下までも女中や泊り客が詰めかけてざわめいている中を潜《くぐ》り抜け、お園は手回りのものも持たず、裏手から寒夜の闇の中へ消えて行った。

三

それから十日もたたぬうちに、藤沢から一里二十余丁を江戸に寄った戸塚宿《とつかしゆく》の入口にある吉田橋手前の〔こめや〕という茶店で、お園の蕎麦切《そばきり》が始まった。
あの夜——桔梗屋《ききようや》を出て、遊行寺の門前町をまっすぐに走り抜け、山門から高い石段を一気に駈け上ったお園は、降り出した雪にも気づかず、本堂前の人銀杏《おおいちよう》の下に立ちつくして動かなかった。首をつろうか、それとも相模川へ身でも投げようか。どっちにしても桔梗屋を追出されては片輪の身の置きどころもあるまいと思い詰めたのだが、勇気をふるい起して雪の夜道を戸塚宿へ歩み出したお園の胸の中は、体内に宿っている小さな生命を感ずることではち切れそうになっていたのだ。

お園の相手の男は、藤沢宿に住む若い按摩《あんま》であった。

桔梗屋へも出入りしていたこの按摩は、引地村の農家の納屋《なや》に独りで暮している。

去年の夏に、お園から誘ったのだ。

飯山にいた頃から、お園は男に騙《だま》されつづけている。お園の弱点を男達は巧みに利用するのであったが、藤沢へ来てからのお園は泊り客の誘惑にも耳をかしたことは一度もない。

（男なんて、こりごりだ）

やせ我慢である。男にもてあそばれて熟し切った体は四年間も耐えてきていたのだ。

その日——大山への別れ道がある四ツ谷《よや》の休茶屋〔羽取屋〕というのが主人の親類なので、そこへ使いに出た帰り途《みち》に、雷雨があった。

街道から切れ込んだ農家の納屋へ飛込むと、按摩は、まだ少年のように硬く白い裸体のまま昼寝をしていた。耳を裂くような雷鳴にも眼をさまさない。すやすやと寝息をたてている。

　じいっとこれを見詰めていたお園は黙って近寄り、按摩の腕を静かにひろげ、その腋《わき》を舌と唇でねぶりながら胸いっぱい男の匂《にお》いを吸込んだ。

「あ……誰？」

「お園よ、桔梗屋の……」

「お園さん、か……」

「黙って――ね。いいこと教えてあげる」

　荒い呼吸《いき》を吐き、お園は按摩を押えつけて、のしかかっていった。

　お園は男のようにふるまった。

　それから暇を盗み、何度、あの納屋へ忍んでいったろうか……。

　身ごもったとわかったとき、反ってお園は狼狽《ろうばい》しなかった。

（生んでやろう。私が生む子供は、きっと米の飯も食べるだろうし、味噌汁《みそしる》だってすする）

　先《ま》ず、おかみさんにだけは話しておかなくては――話せばわかってくれるだろう。

　遠い血つづきなのだし、私の働きぶりだってみとめてくれているのだからと、そう思ううちに、おだいが根も葉もないことを密告したのである。

おだいを買収したのは、藤沢宿旅籠《はたご》の主人達であった。事実無根の煽動《せんどう》工作だったのだが、お園の妊娠がわかっても、

「瓢箪《ひょうたん》から駒《こま》が出たね。桔梗屋さんも罪なことをしたものだよ」と、こういうことになってしまった。迷惑なのは治太郎だが、おだいすらもお園の相手は主人だと決め込んでしまっている。おかみさんが小田原へ行っている隙《すき》にさ、私ゃねえ、二度も見つけちまったんだよ。それがさ、お園のあまめ、腰巻ひとつで出てきやがって――と、おだいは宿場中にふれ廻った。自分の言うことが嘘《うそ》か本当か、そのけじめもつかなくなっているのだから、あの夜に主人へ喰《く》ってかかり一歩も退かなかったおだいなのである。おだいは約束の五両を貰《もら》い、そのうち二両余の借金を桔梗屋に払って、さっさと平塚の飯盛旅籠へ鞍替《くらが》えしてしまった。

戸塚宿〔こめや〕の蕎麦切は大繁昌《だいはんじょう》となった。

ここは休茶屋なのだが、お園が女中にして貰《もら》いたいと駈け込んで来たときに、主人は二つ返事で引受けてくれた。主人の伊兵衛は六十がらみの老人で、藤沢へもよくやって来たし、お園も顔だけは見知っていたので藁《わら》をも摑《つか》むような気持で飛込んだのである。

この頃、宿場で働く女中の給金は年一両弱というところなのだが、伊兵衛は二両出そうと言ってくれた。

お園は眼を見張った。

(あたしにも、それだけの値うちがある!!)

お園の指図で〔こめや〕の土間も、桔梗屋の〔そばどころ〕風につくられ、お園が打つ活力にあふれた麺棒《めんぼう》の音は、街道を歩む旅人の耳にひびいた。

そうして、お園は流産をした。

(なあに、また産めばいいんだ)と、お園は思う。

〔しなの坂〕の休茶屋からも誘いの手がきた。藤沢の先の〔南江《なんこ》〕の江戸屋からも密《ひそ》かに手を廻して、お園を引抜きに来た。

〔こめや〕ではお園の給金を三両に上げて、これを防いだ。

桔梗屋の一件も、またたく間に知れ渡り、戸塚宿でもお園の評判は高い。若者達がお園を見物しがてら蕎麦を食べにやって来る。

お園は体中に自信がみなぎりわたってくるのを感得した。自信が得意に変るのに手間暇はいらなかったようである。

「旦那《だんな》!!　忙しいんですから、少しは手伝って下さいよ」

手伝いの少女を叱《しか》り飛ばしながら、お園は伊兵衛にも荒っぽく声をかけるようになってきた。

春が過ぎようとしていた。

戸塚宿の本陣沢辺九郎左衛門から呼出されて、伊兵衛が出向くと、お園を解雇しろという強制なのである。

お園のような淫奔《いんぽん》な女がいては、宿の風紀が乱れる、宿役人も承知の上だから早々に追放してしまえ、もし承知しなければ〔こめや〕がきっと困るようになる――というのであった。

〔こめや〕とお園に対する嫉妬《しっと》反感が原因であることは言うをまたない。

一度は、はねつけてきたものの、本陣を中心に旅籠や茶店が結束しているのだから、伊兵衛も困った。

これを聞いて、お園は、さっさと辞職を申し出た。

給金も日割にしてきちんと受け取った。

「それにしてもよ、ほんとに、全くなあ。わしは残念で残念で、涙が出てくる」

しきりにこぼす伊兵衛に、

「でも旦那。大分儲《もう》けたからいいじゃありませんか」

流行の櫛巻《くしまき》に、きりりと髪を束ねたお園は小さな荷物をさげ、後も振返らずに街道へ出て行った。

伊兵衛夫婦は嘆息して、うららかに雲雀《ひばり》が囀《さえず》る空の下を藤沢の方へ去るお園を見送ったのである。

お園は、間もなく、藤沢宿へ入った。

道を行く宿場の人びとが指さして囁《ささや》き合うのには目もくれず、すたすたと桔梗屋の前へ来ると、店先へ出て来た女房のおないと、ばったり出会った。

「おかみさん、しばらく――」

「な、何しに来たのだい、お前は――」

「桔梗屋もさびれたそうですねえ」

「な、何だって……」

お園が去ってから後、現金なもので桔梗屋は火の消えたようになっている。

春の陽がこぼれる店先の向うに、土間が森閑と口を開けている。治太郎の姿も女中の影も見えなかった。

女房が白い眼をむき出し、

「盗人《ぬすっと》たけだけしいとはお前のことだ。よ、よくも此処《ここ》へ……」と摑みかかる手を振払い、お園はおないの頰にピシリと平手打をくわした。

「………」

声も出なかった。

おないは頰を押えたまま、虚脱したように立竦《たちすく》んでいる。

「おかみさん、さようなら」

宿場を出て引地村まで来たが、若い按摩が住む納屋を、お園は見向きもしなかった。

四

一年たった。

この年、安永八年の夏から、お園は、平塚宿の旅籠《はたご》、相模《さがみ》屋幸右衛門方で働いていたようである。

この間に、二度や三度は働く場所も変っていたろう。藤沢から二十一里余も先の、吉原宿、甲州屋という休茶屋で蕎麦切《そばきり》をやっていたこともあるようだ。

とにかく、お園は憂鬱《ゆううつ》であった。

働き場所が落着かないのは、いずれも藤沢や、戸塚のときと同じような事態が発生したばかりではなく、働き先の旅籠や茶屋の使用人達とも折合いが悪く、そんなとき

には、

「そんなに私のことが憎らしいのか。お前さん達にア出来ない芸を、私はもっているのだ。少しばかり給金が多いからとか、旦那《だんな》が大事にするからとか、目くじらをたてやきもちをやくのなら、私と同じことをやってごらんな。口惜《くや》しかったらやって見せてごらんよ」

気にいらないことがあると、

「お暇をいただきます」

さっさと出て来てしまうのである。

お園の評判は悪かった。

けれども、お園の蕎麦切は、江戸に近い東海道筋で名を売っており、事実、お園が働く店は、たちまちに客の入りが違った。

お園は、何人もの男と遊んだ。

誰の子でもいいから産んで育ててみたい、子を育てることによって、生甲斐《いきがい》をおぼえたいという、あの若い按摩の子を宿した頃の気持からではない。生活への自信と歩調を合わせて、女盛りの欲情が野放図になった。

わざと胸を張って、自分が打った蕎麦切を食べ、一日一合の酒をのむ。いや一合が二合になり、三合になっていた。

相模屋では、今まで彼女を使って失敗した旅籠や茶屋の先例を熟知していた。主人の幸右衛門は宿《しゆく》でも顔利《かおき》きの方であったし、お園の蕎麦切もあくどい儲《もう》けに利用するということをせず、一定の客が来れば、あとは他の旅籠へ廻すというようなやり方だったので、宿場の同業者達からも余り恨みを買うようなことにはならなかった。

「それにしても、お前の体というものは、どうして、そんな風になってしまったのかね。生れたときからかい？」

温厚な主人に問われて、お園は、

「ごく小さい頃は、麦もお米も食べていたおぼえがあります。けれど私の故郷《くに》は、御存じのように毎年の将軍さまへの献上にも蕎麦を差上げる位の、つまり名物なものですもの……私も大好物なんでした。それが……私が五つのときでしたか、継母《ままはは》が来たんです。大嫌いでした、私……」

「いじめられたのか？」

「まあ、どこの家にもあることかも知れませんけど……とにかく、その頃からなんです、麦やお米をみると吐気がするようになりました」

「継母が来てからというのは……何か、わけがあったのだろうかねえ」

「わかりません。何時《いつ》とはなく、他のものが食べられなくなってしまって……」

勝手に蕎麦粉をこねて食べ、夕飯の膳《ぜん》にも継母と顔を合わすのを避けているお園を見て、継母が意地になり、蕎麦掻《か》きばかりをお園にあてがい、他のものは、菓子も魚も、

「どうせ、お園ちゃんは食べんのだから……」と、仕舞い込んでしまうということになった。

お園も意地になった。死んでも他のものは食うまいと決心した。また、それが少しも苦痛ではなかったのである。

「酒は？」

「藤沢の桔梗屋《ききようや》さんへ来てから、お客さんのお酌するときに……それで好きになりました」

年頃になってからは、お園も気づいて、何とか他の食物をと努力してみたものだが、駄目であった。

十六のときであったか、無理矢理に鮭《さけ》一片《きれ》と飯を腹に押込んでみて、死にかけたことがある。下痢が何日もつづき、高熱を発し、父親の親身な看病がなかったら、助からないところであった。

「まあ、永く居てみておくれ。幸い、この宿では、お前も爪弾《つまはじ》きをされずに済みそうだからね」と、幸右衛門は言ってくれた。

「ええ」と答えたが、不満であった。

せっかく自分が来たのだから、もっと手をひろげ、厭《いや》というほど儲けてもらいたい。そうなれば給金の値上げも言い出せよう。このままでは、名物扱いにしてくれない自分の名が街道筋から消えてしまいそうな気がしてならない。

それでもお園が来てからは、相模屋の景気が良くなってきている。

幸右衛門としては着実にお園を利用しようとして慎重な態度をとっているのだが、お園にはわからなかった。もっと華ばなしく自分を活躍させてもらいたいのである。提案した「そばどころ」の建増しも、幸右衛門は、

「まあ、もっと先になってみてからのことだ」と、取合ってはくれない。給金も前のところよりは安かった。

（ふん。そのうち、もっと良いところに代ってやるから……）

お園の自負も大分傷《きず》つけられたようだ。

その年の初秋——毎日毎夜降りつづく雨の中を、相模屋へ泊った浪人者があった。

背の高い、頬骨の突出た青黒い顔つきの、その浪人者の顔には、お園も見おぼえが

ある。桔梗屋へも一、二度泊ったことのある男であった。

着流しのままの草履《ぞうり》ばきで、絵具と筆の入った包みを下げている。大小《だいしょう》は差しているのだが、いえば旅絵師と同じことをして旅を暮しているらしく、藤沢へ来たときも遊行寺の庫裡《くり》の襖《ふすま》を描いたとか描かないとか――お園も耳にはさんだことがある。浪人は、桔梗屋へ来ると、きまって飯盛女を抱いた。

「お前、ここに来ていたのか」

浪人は、お園を見つけると、すぐに言った。

お園は黙ってうなずいただけであった。男のくせに妙に赤い唇が何時《いつ》もぬらぬら濡《ぬ》れている感じで、桔梗屋へ泊ったときも〔そばどころ〕で麵棒《めんぼう》をつかいながら、他の客にまじり、こちらを凝視しているこの浪人の厭な眼つきを、お園は忘れてはいなかった。

「お前、だいぶ男狂いをしたのだってなあ。藤沢で聞いたぞ」と、浪人は囁《ささや》いた。

階段を上ったところの廊下だったし、お園は思い切り浪人を睨《にら》みつけて階段を駈《か》け降りて来てしまった。

夜が更《ふ》けてから、お園は終《しま》い湯に入った。

雨が跡絶《とだ》え、中庭で虫が一匹だけ鳴いている。

女中部屋は、中庭の渡り廊下を右に折れた突当りにある。

泊り客も少なく、帳場にぽーっと灯が滲《にじ》んでいるだけで、滅入《めい》るように、あたりは静まり返っていた。

渡り廊下で、いきなり、お園は首筋のあたりを撲《なぐ》られて失神した。

気がつくと鞴《ふいご》のような男の呼吸が耳元で喘《あえ》いでいる。脂《あぶら》臭い蒲団《ふとん》の中だ。着ているものは剝《は》ぎとられ、素裸のお園の下腹を男の手が這《は》い廻っている。まっ暗な部屋の中であった。

「な、何するのだい!!」

「黙れ、黙らんと、また気絶させるぞ」

あの浪人の声であった。

「いいだろう、な——一度、一度、抱いてみたかったのだ。前からな。な、な……」

お園は黙って身じろぎもしなくなった。

男の肌身も恋しいときだったが、こんな奴《やつ》から、しかも無体《むたい》に挑まれるのはたまらなかった。若い按摩《あんま》に自分から挑んでいってからのお園は、男の自由になるというよりも、男を自由にしたいという欲求の方が強くなってきている。

温和《おとな》しくなったお園を見て、浪人は安心したらしい。しきりに淫《みだ》らな囁きを繰返しつつ、裸の腰をお園の両股《りょうもも》へ割り入れようとした。

お園は息を詰め、両股をひらいた。

「おう、おう。よしよし……」

よろこびの呻《うめ》きと共に、自分の体へ入り込もうとした男のそれを、お園は素早く摑《つか》み、力一杯急所を握りつぶした。

「わあッ!! わ、わ、わ……」

体を棒のように突立てたかと思うと、一度は海老《えび》のように曲げ、浪人は苦悶《くもん》した。

暗がりで困ったが、お園はガクガクと震えながら、やっと自分の着物を抱え込み、

「馬鹿《ばか》!! いい気味だ」と言い捨て、廊下へ出た。大きく息を吸って吐き、しゃんと体を立直した。震えが止った。

「ざまアみやがれ」

呟《つぶや》いて、すたすたと二階の廊下を階段口へ向ったとき、

「待て、こいつ――よくも、うぬ……」

這うようにして廊下へ現われた浪人が、お園の足を何かで叩《たた》いた。

「あッ」

倒れて、起き上って、

叫びながら柱につかまって、微《かす》かに灯が浮いている階段口へ逃げようとしたお園の右腕が、ぐーんと痺《しび》れた。激痛が、お園の体を貫いた。

血だらけになって、お園は階段を転げ落ちた。

「番頭さあん!!」

五

右腕は肘《ひじ》のところから斬落《きりおと》され、他《ほか》に肩口を浅く斬られていた。

浪人絵師は逃亡したが、大磯《おおいそ》の先の押切川《おしきりがわ》を渡り、大山への道へ切れ込んだところで逮捕された。

相模屋幸右衛門は、それでもお園の介抱をよくしてくれた。

冬の足音が鋭い風に乗って、東海道へやってきた。

ようやくに、お園の、斬落された二の腕の傷口も癒《い》えかかった。

(左手一本じゃアどうにもならない。死のう!! それより他に道はありゃアしないもの)

小女《こおんな》のおよしに助けてもらい、お園は、ぼんやりと、煮魚で粥《かゆ》を食べていた。

障子が風に鳴っている。空は曇っているらしい。

だらりと下った寝巻の右の袖口《そでぐち》に、お園は眼を移した。まだ、そこには——大包丁を握ったときの、冷《ひ》んやりと濡《ぬ》れた蕎麦《そば》の玉を摑《つか》んだときの、麵棒《めんぼう》を操ったときの感触が、手応《てごた》えが、まざまざと残っているような気がする。

「ハッ——」

低い気合と共に天井へ放り投げた包丁が落ちてくる間に蕎麦玉を摑み、見事、客の椀《わん》に投込むときの、たとえようのない快感に戦慄《せんりつ》した右腕は、もう無い。

「どうだな、工合は……」

障子が開き、主人の幸右衛門が入って来た。

「はい。おかげさまで……けれど、あのとき、いっそ、あのままにしておいて下すった方が……」

「よかったというのかい?」

「ええ……」

「お園。お前、まだ気がついていないらしいねえ」

「え?……何を……?」

主人と小女が顔を見合せ、クスリと笑った。

「お前。いま、何を食べているのだい?」

ハッと、お園は眼の前の土鍋《どなべ》や茶碗《ちゃわん》を見た。まぎれもない米の粥を食べていたのだ。医者の手当に蘇生《そせい》し、無我夢中で、激痛と闘い、痛みも薄らいだ今日まで何日たっているとことだろう。二十日——いや半月は確かにたっている。

(その間、私は、自分が何を食べたのか、ちっとも気がつかなかった……)

わなわなと、お園が震え出した。

「初めは重湯《おもゆ》さ。医者の言いつけでね。お前も夢中ですすり込んでいたし、お粥になってからも平気で食べた。菜ッ葉も卵も食べたよ」

「旦那《だんな》……」

「おかみさんも、びっくらしているよ、お園さん——」

と、およしが口を出した。

「旦那……食べられました。お米もお魚も食べられました」

どッと、お園の眼から涙がふきこぼれた。

「旦那。もう——もう、死にません」

「死ぬ気だったかい」

「はい——でも、私——もう腕の一本やそこら無くてもいいんです。人さまなみに、人さまなみのものが食べられるようになったんですから。もう何も——何も、怖いものなんか、ありゃアしません」

寛政九年の正月に、大坂下りの軽業女太夫《おんなだゆう》・玉本小新《たまもとこしん》が一座を率いて浅草・葺屋町《ふきやちょう》河岸《かし》の兵四郎座に出演し、大当りをとった。

当時十七歳の玉本小新については、寛政十年版本『快談文草』に、

――日々栄当栄当の大入は、全く小新が美しきかんばせに、色気を含みし故《ゆえ》なり――とある。

小新の美貌《びぼう》と艶姿《あですがた》は江戸市民の熱狂を呼び、優雅な手鞠《てまり》の曲芸から元結《もとゆい》渡り、猿の独楽《こま》遊びなどの水もたまらぬ冴《さ》えた芸と、一座の熱演は、約一年間も江戸市中を興行して飽きさせなかった。

小新を助け一座を束ねているのは小新の母親である。

小新の母親の右腕は、肘の上から無かった。

四十をこえ、でっぷりと肥《ふと》った福々しい顔だちの母親は、ごく親しいひいきの客から、小新の生いたちを問われると、

「はい？――あの娘《こ》の父親でございますか。父親は盲《めくら》でございましてねえ。あの娘が生まれた頃は、まだ按摩をしておりまして、ずいぶんと苦労をさせてしまいました。

いま生きておりますと……さア、私よりも四つ年下でございましたから……もう少し生きていて欲しかったと思うてます——体も丈夫やなかったのに、馴《な》れぬ土地で、苦労をさせ、早死させてしもうて……」

こう答えるときの母親の瞼《まぶた》は、見る見るうちに赤く腫《は》れ上ってくる。

お前さんの右腕は——？

そう訊《き》かれると、若いときの奉公先へ押入った泥棒さんに斬落されましてなあ、と答えるのが常であった。

柴《しば》の家

乙川優三郎

乙川優三郎（おとかわ・ゆうざぶろう）
一九五三年、東京生れ。千葉県立国府台高校卒。専門学校を経て、国内外のホテルに勤務。九六年に『藪燕』でオール讀物新人賞、九七年に『霧の橋』で時代小説大賞、二〇〇一年に『五年の梅』で山本周五郎賞、〇二年に『生きる』で直木賞、〇四年に『武家用心集』で中山義秀文学賞をそれぞれ受賞。他の著書に『むこうだんばら亭』『さざなみ情話』『露の玉垣』などがある。

夜が明けて間もない初夏の日の早朝、外出の身支度を終えるころになって雨が落ちてきた。

女中に手伝わせて裃《かみしも》を着ると雨音が聞こえてきたので、新次郎《しんじろう》は障子を開けて、広い石庭が湿るのを眺めた。雨の粒は伏石《ふせいし》に滲《にじ》むものの一気に濡《ぬ》らすまではゆかない。中間《ちゅうげん》に言って雨具を用意させるか、やむのを待つかしなければならないが、庭の空はまだ明るく、雨も小降りであった。ぼんやりと雨脚を眺めるうちに、彼はそうしている目的も忘れて、ふとあれからもう二十年になるのかと思った。

あわただしく養子縁組がまとまり、戸田《とだ》の家に入ったのは十七歳のときであった。梅雨の日の門出はそれだけで気が重く、これで人生がひらけたという喜びは少なかった。すべては家と家が決めたことであり、そこに自分の意志がなかったせいだろう。縁談に不満があったわけではなく、むしろ身に余る幸運だったが、正直なところ十七歳でいきなり三百石の他人の家を継ぐのは不安だった。

はじめて訪れた小石川《こいしかわ》の屋敷は実家よりも広く、母屋《おもや》の縁続きには瀟洒《しょうしゃ》な隠居所もあって、義父となる人が病臥《びょうが》していた。家蔵《いえくら》は知行取りの旗本らしく堅牢《けんろう》で、数寄《すき》を凝らした石庭は主《あるじ》の趣味と格式を匂《にお》わせていた。いまでこそ何も感じない石の冷たさが、これから背負う家の重さにも思われ、当時は気圧《けお》されたものである。

義父はまだ四十半ばの若さであったが、一年余り前から病みつき、胃の腑《ふ》を悪くしたあと急に衰えて、快復の望みを失っていた。そのために急いだ縁談であった。戸田家には病人の妻と十四歳の娘がいるきりで、そこへ養子に入るということはいずれその娘と夫婦になることを意味した。

「しばらくは妹と思えばよい」

縁談が決定的なことを告げたとき、父はたいそう機嫌がよく、兄は自身よりも高禄《こうろく》の家の跡取りとなる弟を羨《うらや》んだ。母だけが十六年で終わる親子の暮らしを惜しむのか、喜び半分の笑顔で目を伏せていた。父と兄は望外な縁組とともに厄介払いを喜び、母は子の重責を案じていたのかもしれない。いずれにしても、そのとき義妹となる人との縁組はもう決まっていたのだった。

突然のこととはいえ、恵まれた縁談を辞退する理由も力もなかった新次郎は、あとからすべてを受け入れる形で承諾した。先方は望んでも叶《かな》わない家柄であったし、いつかは家を出るのであれば遅いか早いかの違いであった。ただ母が未練を残したように、若い彼にも家族への思いはあったのである。

父の高橋平八郎《たかはしへいはちろう》は二百俵をいただく大番組《おおばんぐみ》の番士で、やはり旗本だが、知行三百石をいただく戸田家に比べると格が低く、家の内証も豊かとは言えない。次男の新次郎が戸田家の主になれば、高橋の家格を上げると同時に何かのときの金の縁もできる、と父は考えたのだろう。家と家の縁組にそういう打算は当然のことで、新次郎は父を軽蔑《けいべつ》するつもりはなかったが、もうしばらくは父や母のいる暮らしを続けたかったし、縁談の当事者である自分の気持ちをあとからでも聞いてもらいたい気がしたのである。部屋住みの高橋新次郎から三百石取りの直参《じきさん》・戸田新次郎になるには、縁組の手続きだけでなく、それなりの心の準備が必要であった。しかし自身の縁談を知ってから一月もしないうちに、彼は戸田新次郎になっていた。

入家《にゅうか》して間もなく跡目を継ぐことが決まると、新次郎は隠居所の病間に侍《はべ》り、どうにか口のきける義父の源五郎《げんごろう》から後事の指図を受けた。予想していた通り、指図の大半は家の遣《や》り繰《く》りや主の心構えといったものだったが、驚かされたのは源五郎も養子の口で、戸田よりもさらに家格の高い家から来ていたことであった。彼は八百石の家の三男であったから、三百石の戸田家を当初から貧しいと感じていたらしい。そのためにとんだ苦労をしたと言い、新次郎にも決して思い上がるなと釘《くぎ》を刺した。けれども八百石から見れば貧しい家も二百俵から見れば裕福でしかなく、悲観する気にはなれない。驕《おご》るつもりはないが自分は恵まれている、と正直に答えた新次郎へ、

「それはどうかな」

と彼は皮肉な笑みを浮かべた。

「この庭を見ろ、小石を敷きつめ、美しい奇石を配し、苔《こけ》を育てて家に馴染《なじ》ませるのに二十年かかった」

それが自分の人生のすべてだとでも言いたげであった。見るものに格を意識させる石の庭は、ほかに生き甲斐《いがい》を持たない男の執着かもしれなかった。

戸田家の奉公人は用人《ようにん》から下働きの女まで入れると十人にもなるが、それでも新次郎の目に内福に映るのは、常陸《ひたち》にある知行地の実高が多い年で四百石にも上《のぼ》るからであった。むろん凶作で三百を切る年もあるが、蔵米取りと違い、余禄を得る機会に恵まれている。だが家は代々無役であった。新次郎は義父が歿《ぼっ》した翌年、十八歳で小普《こぶ》請入《しん》りしたものの、することがないのには困った。

もともと無役の旗本と御家人の集まりにすぎない小普請組がすることといえば、城や建物の小修理のために人夫を出すことだが、それも面倒なので金で済ますようにな

っていた。三百石の戸田家では百石につき一両二分の金を、毎年集金にくる世話役へ納めるだけである。あとは月に三度ある小普請支配との逢対日にできるだけ顔を出し、運よく話ができれば特技や希望を申し立て、お役につきたい旨《むね》を念のため書類にして差し出す。しかし、そのために幾度屋敷へ参じても実らないばかりか、支配への付届けが嵩《かさ》むだけであった。

「ともかく、こうしていれば無事に家禄をいただけるのですから」

家につくしかない義母の栄《えい》には当然のことでも、まだ若くこれからが長い新次郎には苦痛でしかなかった。広い屋敷に暮らし、何の不自由もなく、ただ徒食して、三百石ももらえる。どこかおかしい、と思わないほうがおかしい。裃を着ていかにも出仕するように外出するとき、彼は伏し目がちに歩くようになっていった。家族と奉公人を養うことを除けば、自分が存在する意味は部屋住みのときより薄くなっていた。

多実《たみ》といった娘を妻に迎えたのは、入家から二年後の春であった。十九歳と十六歳の夫婦は初々《ういうい》しく見えたものの、どことなく危うげであった。それでなくても物静かな多実は観察眼ばかりが鋭く、兄妹として過ごした二年のうちに将来の夫を凡夫と見定めていたようである。しかも彼女自身は繊弱で陰に籠《こも》る質《たち》であったから、甘い朗らかな関係は望めなかった。

「わたくし、多くは望みません」

と彼女ははじめに宣言したほどである。言い換えれば、自分にも多くを望むなと牽《けん》制《せい》したのだった。新次郎は美男ではないが、多実も美しいとは言えない。お互いに気のすまない結婚をして、仕方なくはじめた夫婦の営みは、新次郎には務めで、多実には恥辱でしかなかった。ある時期、彼は家付きの娘の自負を壊してやろうと試みたが、多実には悦《よろこ》びよりも苦痛のほうが強いらしかった。はじめて身籠った子を流産すると、その傾向はいっそう強くなって母親の栄まで案じさせた。

そもそも夫よりも母親を信頼していた彼女は、栄に諭されてどうにかこうにか長男を産むと露骨に用済みの夫を拒みはじめた。かわりに思い通りになる跡取りが女ふたりの宝になった。それでもまだ新次郎は恵まれていると思った。食べるための心配も、人に見下されることもない暮らしは、ある種の人から見れば理想だろう。しかし耐えがたい、と思うようになったのは、それから無為に歳月を重ねて三十路《みそじ》を前にしたころであった。彼は離縁して出直すことも考えたが、それには実家も説き伏せなければならない。父や兄が許すとは思えなかった。さらに厄介なのは栄と多実が現状に満足していることで、離縁どころか家の体面と家族の形を保つことが女ふたりの望みであったから、問題を起こしてけしかけたところで無駄であった。戸田家の当主でありながら独断では何もできない自分に行きあたると、彼は途方に暮れた。離縁が無理ならせめて生きてゆく支えがほしいと思い、何かをはじめずにはいられない気がした。

ある秋、彼は用人とともに知行地の常陸へ出かけた。その目で作柄を視察し、問題があれば考えるつもりでいたのだったが、そこでは領主であり殿さまであった。茶を飲みたいと思う前に茶は出てくるし、何か訊《き》けばすぐに答えが返ってくる。用人の平《ひら》井和右衛門《いかずえもん》は監理に熟達していて、彼に任せておけば困ることは何もなかった。あの部屋住みの若造が殿さまか、彼は自嘲《じちょう》した。どこにも居場所のないことを確かめたようなものだった。そのころからだろうか、新次郎の目に世間は何か薄皮を透《とお》してぼんやりと霞《かす》むように見えはじめていた。心の病だったかもしれない。夫を拒んでおきながら、子育てが生き甲斐らしい幸福そうな妻を見ると、薄ら寒い気がして疎《うと》まずにいられなかった。

十年前にはもう十年が経《た》つのかと思った自分を覚えているだけに、あれから二十年になるのかと思うと歳月の速さだけが胸に迫ってくる。その間、書き続けた書類の文面は暗記してしまうほど本来の意味がなくなり、四千石の旗本である支配に会う緊張感も感じなくなっていた。義父の忠告通り、新次郎は思い上がったことはないが、旗本の自分を幸せだと思ったこともなかったのである。

「いってらっしゃいまし」

その日も形だけ玄関へ見送りにきた多実へ、彼はにべもない返事をして雨上がりの町へ出ていった。役目で登城するわけでもないのに、家からはいつものように数人の供回りが体裁のためについてきた。

夕暮れの川を渡り、向島《むこうじま》の小梅村《こんめむら》へ向かううちに夜が見えてきたが、新次郎は体の芯《しん》から解放されていた。いつものことで隅田川を渡るとほっとする。小石川の屋敷を出たあと神田川の川上にある船宿で着替えて、供の中間を帰すと、そこからさきはひとりであった。小梅村の家は荒《あば》ら屋も同然だが、そこには大切な窯《かま》があるし、待つ人もいる。

彼が瀬戸《せと》助《すけ》という陶工を知ったのは八年前のことで、小普請組の付き合いで向島へ紅葉狩りに出かけたときに何気なく覗《のぞ》いた道端の家が老人の陶房《とうぼう》であった。紅葉の秋《あき》葉山《はさん》から少し南へ下がったそのあたりは小梅瓦町《かわらまち》といって、瓦師が多く、ほうぼうから土窯《どがま》の煙が立っていたが、そこだけは焼いているものが違った。雑然とした庭に板を並べて乾《ほ》していた土《つち》ものは皿や小鉢であったり、飾りのついた壺《つぼ》や花入れのようなものであった。新次郎は一目でその造形に惹《ひ》かれた。まだ化粧をしていない、焼く前の素地《きじ》に触れてみたいと思い、見てもいいかと垣根越しに声をかけると、汚れてもよろしいなら、と主らしい老人は気さくだった。

あとで知ったことだが、老人は勢州《せいしゅう》の出で、向こうで作陶を学んだあと尾州《びしゅう》瀬戸から江戸へ流れてきたらしい。瀬戸助は雅号というより、しゃれだろう。

庭に招かれて土ものを見るうち、新次郎は何かしら暖かい心地に包まれていった。触れたのは、どのようにも変現する胎土《たいど》の温《ぬく》もりであったかもしれない。快い興奮が抑えがたい感情の高まりに変わるのに、長いときはかからなかった。どうすればこんな微妙な形ができるのか、絵柄や色彩はどう施して焼くとどうなるのか、自分にもできるだろうかと訊《たず》ねると、老人は微笑《ほほえ》みながら、理屈より修業だね、と即答した。

「体で覚えないことには作りようがない、何ができるかはそれからだね、瓦を焼くのとは違いますよ」

まあそんな形《なり》じゃできないという目を見ると、新次郎は逆に弟子入りを決意した。家人への言いわけさえつけば、暇はいくらでもあるのだった。それより何より血が騒いで仕方がなかった。教えてくれるなら金を出してもいいと話すと、老人は拒んだが、試しに幾日か手伝う気があるなら、と工程を見せることは承知した。翌日から新次郎は老人のもとへ通いはじめた。

陶房の一日は忙しく、お互いのことを詮索《せんさく》する暇はなかった。そこでは働かずに眺めていることは許されなかったし、老人は働きだすとほとんど口をきかなかった。住まいをかねた陶房には老人の孫だという十四、五の娘がいて、煮炊《にた》きはもちろん薪《まき》運びや土を捏《こ》ねるのも彼女の仕事であった。はじめ新次郎はいくらあってもいいという廃材や柴《しば》を集めにいかされた。終わると薪割り、水汲《く》み、土ものの出し入れと続いて、老人が轆轤《ろくろ》を使うところを見るどころではない。土器の海と化した庭の北側の斜面に竈《かまど》の化け物のような窯があって、翌日焼くものを詰め込むと夕暮れであった。新次郎は疲れ果てて気が回らなかったが、彼が一服して帰ったあとも老人と娘はまだ働くのだった。休むことを知らない彼らは、注文品の納期のために寝食を忘れることすらあった。その間、老人はただ仕事場を開放することで物好きな侍をもてなした。お蔭《かげ》で一月もすると工程は見えてきたが、土づくりにはじまり焼き上げるまでにはいくつもの作業があるうえ、どれも一筋縄ではゆかない。しかも最後の焼成《しょうせい》でしくじれば徒労に終わる仕事であった。

　雑用に明け暮れる日々のひととき、老人が素焼きの皿に下絵を付けるのを見る機会があって、新次郎は詠嘆した。土と格闘して形を生み出す手と同じ手とは思えない、画家と言ってもいいような繊細な筆遣いだった。皿には下絵すらなく、強いて言えば頭の中にある図案を写しているようであった。その日もその次の日も窯を焚《た》いて、彼らは素焼きと本焼きを繰り返した。そうこうするうちに分かったことだが、老人は注文で量産するものと自由な創作とを焼き分けていた。創作のほうは気に入らなければすぐに割ってしまう。

「もったいない」

と声に出す間もなかった。そんなときの老人は因業《いんごう》を顔に出して、取り付く島がなかった。もともと眺めるためのものは焼かないと言って、盃《さかずき》から火鉢に至るまで何でも作る人であったが、独自の美意識に逆らうものが焼き上がると弊履のごとく唾棄《だき》した。色彩は緑《あお》を出すのがうまく、鯉《こい》の洗いを盛るための大皿に釘で竹林を描いて、これならきれいに食べたあとも淋《さび》しくないだろうと言った。焼くと土色の地肌に涼しい竹林の現われた皿はどこかに立てて眺めてもよかったが、彼はやはり嫌った。焼きものはどんなにうまくできても大切に飾って眺めるものじゃない、割れて当たり前のものだから、と使うことにこだわった。

「焼いて壊してまた焼く、焼きものはその繰り返しだよ」

窯出しして目にした瞬間、語りかけてこないものを壊すのに未練もへったくれもないという理屈だった。

新次郎が轆轤に触れることを許されたのは三月後のことである。彼の目はいつの間にか手順を覚えていて、いったん老人の手解《てほど》きを受けると上達も早かった。創造の苦しみを知らない手は新しい形を造るのが好きで、四角い徳利《とっくり》だの、猿のしがみついた茶碗《ちゃわん》だの、次々と奇妙なものを生み出した。自信作のいびつな花器を見せると、

「戸田流か、うまいもんだ」

老人は皮肉をこめて言い、そのあと痛烈な批評で打ちのめした。つまらない工夫と新しさを混同している男の目を覚ますためで、新次郎の修業も壊すことからはじまった。

彼は一枚の凡庸な皿を作ることに没頭した。平凡に潜む利便さと退屈を知るのが先決であった。そうしてひとつの造形を理解すると、老人は素焼きの肌に下絵を描くことから教えた。釉薬《うわぐすり》の特性や施し方、色付けを教え、窯詰めと焼くときの火の見方を教え込んだ。焼いたあとの色彩の変化に驚かされるうちはまだ駄目で、欲しい色を決めた段階で釉薬と火の兼ね合い、焼き上がりまで見定めろという。ときに想像を裏切り、思いがけない景色が現われるのは幸運であって技術ではない。焼いてみなければ分からないのは焼きものの真理だが、偶然の窯変《ようへん》に頼るのは道楽だと言った。

どちらからともなく本気になって腰が据わると、小さな陶房にも活気が生まれた。

食べるものもそうだが老人と孫娘の暮らしは質素で、そこへ腹だけが一人前の弟子が加わると食が仕事の区切りになった。老人は夢中になると食べるものも食べない。娘は残りものばかり食べて痩《や》せていたから、若い男の食欲を歓迎した。破瓜《けか》期に差しかかっていた彼女が何かの拍子に朗らかな声をあげると、陰気な陶房は　気に明るくなって弾みはじめる。手際《てぎわ》よく雑用を片付けて轆轤に向かうとき、新次郎は旗本の自分を忘れて、やはりとなりで大物を挽《ひ》く老人に同化した。

家の内証を知らない彼が謝礼のかわりに食材を運んでゆくと、老人はときおり酒でもてなした。武家にしては砕けた新次郎を、老人は良家の穀潰《ごくつぶ》しとでも思っていたようである。若いころは酒豪だったと語る口からはおもしろい話がこぼれたが、そのころから新次郎の目に老人の衰えが映りはじめた。原因は自然の年波か、孫娘を遺《のこ》してさきに逝《ゆ》く不安だろうかとも考えたが、病魔であった。帰るときが近づくと、老人は決まって明日は来られるのかと訊いた。早ければ昼前に来て、相変わらず柴を集めるのが新次郎の日課だったが、特別なことがない限り夕暮れを前に帰るのも決まったことであった。

いつしか季節が巡り、秋葉山が染まるころになって、平凡だが美しい平皿が焼き上がると、老人ははじめて上出来だと評した。新次郎は皿の表面に現われた釉相《ゆうそう》の味わいに狂喜した。なぜなら、それが偶然の産物ではなく志向した成果だったからである。

「これもいいけど、猿のついた茶碗、おもしろかったのに」

娘は新次郎の幼稚な習作を覚えていて、いつか自分のために焼いてほしいと言った。老人は呆《あき》れて、あんなもので飯を食おうものなら尻《しり》が赤くなるぞ、と茶化した。彼らと彼らの家にいて、作陶することが不思議ではなくなっていた。

それから何をどうして焼き続けてきたのだったか、老人は出会いから二年後に逝《い》ってしまい、ふきといった娘は二十二歳になっていた。肉親がいる勢州へ一度も帰ろうとしないので、あるとき訊ねると、彼女はしばらくためらってから老人の孫ではなく貰《もら》い子だと打ち明けた。寄る辺のない娘は結婚もしないまま陶房を継いで、いまも細々と焼きものを続けている。老人の死後、注文が絶えて苦しい時期があったが、新次郎が見かねて援助を仄《ほの》めかすと、彼女はきっぱりと拒んだ。

「おじいちゃんが遺してくれたもので、わたしひとりの暮らしはどうにでもなりますから」

身過ぎのことよりも新次郎と馴《な》れ合うことを怖《おそ》れていたのかもしれない。彼女の焼くものは老人の感性を受け継いで急速に進化してゆき、作陶にのめり込むほど自身の幸福から離れてゆくようであった。師を失った二人が荒れた陶房で土と格闘する姿は、見る人が見れば泥沼にはまり込んだ男女にも似ている。

「その花を青く描くのはどうかな」

木を見て森を見ようとしないのはどちらであったか、あるときふきが紙に描いた図案を見つけて批判すると、

「どうして、絵師は墨で梅を描くわ、見る人は本当に黒い梅があるとは思わないでしょう、同じことよ、本物を焼きたいけど、いまの土と釉薬で赤は出せないじゃない」

彼女は言い返した。壺の図案は石竹《せきちく》で、五弁花が青の絞り模様であった。焼けば妖《あや》しくなるだろうが、存在しない花を作ろうとするのは彼女の渇きであり、あがきであった。批評されると焼いてみせてから、案の定、その手で壊した。そのくせ意地でも紅白の上絵を描こうとはしなかった。作陶を支えに生きている女と男が作陶で斬《き》り結んでいたから、身分に関わりなく続く暮らしであった。

「薪が足りないわ」

「柴でつなごう、少し休んだほうがいい」

気を張りつめているときのふきは女をかなぐり捨てて、新次郎が体を案じても目を剝《む》いた。三日三晩、ろくに眠らずに窯を焚きつづけて、気力で立っている女を見ると、幸福なのか哀れなのか分からない気がする。髪もたっつけも汚れて色気も何もあった

ものではないが、これほど情熱を剝き出す女もいないと思う。新次郎は窶《やつ》れて目だけがぎらつく女を見ると、家に帰っても窯の火が目に浮かんで眠れず、翌日は急き《せ》立てられるように陶房へ戻ってきた。そうして窯焚きの半分を担《にな》う彼にも、やがて体力の限界がくる。夕どき、ようやく焼き上がったものをひとつひとつ眺めて充《み》たされると、互いに気が弛《ゆる》んだ。充足か徒労かの緊張から解き放たれて、次の目標に向かうまでのあてどないひととき、彼らは少量の酒とあるものを食べて過ごした。今日の収穫を喜びながら、明日からの課題と工夫を語り合った。やがて帰るときがきて支度をするうち、彼はふきの姿が見えないことに気付いた。声をかけたが返事がないので見にゆくと、居間に倒れたように横になっている。そっと夜具をかけて帰るつもりが、何を間違えたのか窶れた頰に手が伸びると、たわいなく分別をなくしたのだった。

次の朝、たゆたう快楽の記憶と羞恥《しゅうち》に耐えながら、彼らはお互いを無視した。どちらかが擦り寄ってゆこうものなら、その瞬間から堕落するのが落ちであった。ふきも一夜の過《あやま》ちから、つまらない男と女に成り下がるのを怖れていた。明け方、何もなかったように飯を作っていた彼女は、新次郎が去るのを見ると、手をとめて太息《ふといき》をついたようだった。その日から隙《すき》を見せなくなったが、皮肉なことに触れまいとすればするほど美しく変わっていった。

古びて傾きかけていた陶房は一年前に手を入れて使いやすくなったものの、庭はいくら片付けても陶土や板や土ものの破片で溢《あふ》れてしまう。仕事場の土間は薪で埋まり、煮炊きにも使う柴は家の軒下にぐるりと積み上げるしかなかった。あるとき通りがかりの人がうずたかい柴の山を見上げて、家ごと焼くつもりかと言った。笑い事ではなかったが、庭にいたふたりはほっとした笑みを交わした。薪や柴がたっぷりあるうちは、それだけ轆轤に向かえるからであった。

隅田川の岸から離れて夜の田圃《たんぼ》へ向けて歩いてゆくと、陶房のあたりに明かりが見えてくる。屋内の灯火と違って強く明滅する光は火吹き穴のもので、ふきが窯を焚いている証《あかし》であった。今日から火を入れて注文の蓋物《ふたもの》と菊皿を焼くという彼女へ、新次郎は都合が悪いので明日からはじめようと言ったのだったが、やはり聞かなかったらしい。けれども早く注文品を仕上げて、創作に戻りたいのは彼も同じであった。

重労働の窯焚きをするとき、夜も付き合うようになったのは、ふきが一度体を壊して倒れてからである。それでなくても力仕事の多い作陶を休みなく続けて、しかも創作に打ち込む彼女がいつかそうなるのは目に見えていた。ある日、仕事場の土間に倒れているふきを見たとき、新次郎は彼女のいない陶房を連想して怯《おび》えたものである。

愛情の対象と生き甲斐《いがい》のふたつを同時に失うことは、明日から無一文になるより恐ろしかった。夕暮れに小石川へ帰る習慣を壊して、ときおり女と夜明かしするのも成りゆきであった。その後も彼女の根をつめる質《たち》は変わらないが、多少は懲《こ》りたらしく、新次郎の前では努めて息を抜くようになった。そんなことが彼女なりの妥協かもしれない。

「遅くなってすまない、飯は食べたのか」

枝折戸《しおりど》からまっすぐ庭の窯《かま》のところへゆくと、屈《かが》んでいたふきはやっぱり来たのかという顔で見上げた。汗と煤《すす》にまみれた顔も当たり前のことになってしまって、炎に染まると妖しくさえ見えるが、いつもながら火色《ひいろ》を見極めて薪をくべる目は人を寄せつけない。焚き口の扉を閉めてから、彼女は言った。

「ご飯も炊いたし、お汁もあるし、干物も青菜もたっぷりあります、嵐《あらし》がきても十日は平気よ」

「十日も降られたら困るな」

「そのうちここにも頑丈な屋根を作るわ、それとも窯の上に家を建てようかしら」

「暑くて暮らせないさ」

新次郎は苦笑した。しかし次の瞬間には窯の家が思い浮かんで、ふきならやるかもしれないという気がした。いつかも秋葉山の横腹に大穴をあけて窯を築きたいと本気で言い出し、ふたりで見にいったことがある。火煙《かえん》を嫌う山で許されるわけがないと分かっていながら、恰好《かっこう》な斜面を見つけてあれこれ想像するのは楽しかった。山を切り崩すのはあきらめたのかと冷やかしながら、焚き口の火色を見ると、炎はまだ赤く、火力が足りない。しばらく代わろう、と彼は真顔になってふきを追い立てた。

「お握りとふき御膳、どっちがいい、食べてないんでしょう」

「お握り」

と即答する彼はもう火の番人であった。ふきの言う御膳《ごぜん》とはただの汁かけ飯で、肩をすくめて歩いてゆくのもいつもと同じであった。窯は湯気抜きを終えて焙《あぶ》りの段階に入っていたが、徐々に熱してゆくために二刻《ふたとき》から三刻は気を抜けない。薪を燃やし、さらに束ねた骨柴《ほねしば》で火力を調えながら、すべては経験的な勘を頼りにすすんでゆく。ごうごうと燃えさかる火の音も、火吹き穴から噴き出す炎の色も、土の塊にすぎない造形に命を吹き込む知らせであったから、陶工はこの最もあやふやで苦しい作業にかまけるのだった。

しばらくしてふきが握り飯を運んでくると、新次郎は一瞥《いちべつ》して窯に目を戻した。先刻とは別人のように気を張りつめて、空腹も忘れているのだった。

「少し休んでいろ、攻め焚《だ》きに入る前に知らせる」

「昼間、寝たから大丈夫よ」

「いいから休め」

「寝てなんかいられないわ、新しい釉薬も試しているし」

そのこともあって、ふきは窯焚きを急いだらしかった。いま彼女が打ち込んでいる一枚の皿は口縁《こうえん》を歪《ゆが》めた形も決まり、下絵付けも済んでいたが、繊細に絡《から》まる山吹の意匠にふさわしい地肌の色をどう出すかで悪戦苦闘していた。幾度か発色に失敗した彼女は創作の泥沼にはまり込んで、もっと透き通る青がほしいと言ってみたり、やはり灰釉《はいぐすり》で白緑《びゃくろく》にする、と突然考えを変えたりした。それだけ意匠がすばらしく、見ている新次郎にはどの色でも優品になるように思われたが、それを言うと、いいものはひとつしかない、と切り返されるのが落ちであった。譲らない彼女は創作に行きづまると新次郎の下絵を眺めて、

「枯葦《かれあし》ねえ、わたしなら白く抜いて雪にするけど」

と片頬《かたほお》で笑った。あらかた仕上がっていた鷺《さぎ》の絵皿を彼は焼かずじまいであった。いくらうまく描いたところで、ふきの感性にはかなわない気がする。せっかくの土の味わいを凡庸な化粧でそこねるのはたやすく、大胆な意匠で引き出すのは奇跡に等し

い。その意味でも新しい釉薬は彼女の挑戦であり、頼みの綱だろう。新次郎はそのあと浅い向こう付けの製作にとりかかっていたが、形と意匠だけができてやはり彩釉《さいゆう》は決まらないままであった。口縁の内側に線描の梅花を散らして、見込みに流水文《りゅうすいもん》を施した落花流水の意匠は彼の心の文《あや》であり、表現であったが、ふきは意味を知るだろうかと思った。

親子と言ってもおかしくない男と女が土にうつつを抜かし、夜は夜で火に夢を託すのも成りゆきなら、作陶のためにお互いを拒むのも成りゆきであった。凡俗に堕しても情愛をとるか、陶工として張りつめた暮らしをとるか。いずれにしても、もうこの世界からは抜け出せないだろう。いつか馴れ合う日がくるとしたら、それは片方が作陶をやめるか、ふたりで数をこなす焼きもの屋になるときのような気がする。

「今度の釉薬がどう働くか、楽しみだな」

窯から離れそうにない女を見ると、彼は朝まで意地の張り合いをするのも無駄な気がして握り飯に手を伸ばした。そのときふきが身を寄せて焚き口の前を占領したので、仕方なく脇《わき》から眺める恰好になった。焚き口の火色に染まると、女は妖艶《ようえん》になる。

「ほしい色は決まったのか」

「黄瀬戸《きぜと》、いま山吹で試しているわ」

「あの皿で？　しくじるかもしれない」

「焼いて壊してまた焼く、おじいちゃんが言っていたように繰り返すしかないのよ、いい色が出せたら山吹は釘彫《くぎぼ》りに変えるわ」

　ふきは本気らしく、自分なりに土もののよさも限界も見たことだから、これが済んだら染付《そめつけ》白磁と色絵ものを焼く準備をはじめると言って新次郎を驚かした。束《つか》の間《ま》、焚き口から男へ光る目を移して、

「山吹はひとつの区切り、梅雨に入る前に終えてしまいたいから」

　そう言った。新次郎はそれで急いでいるのかと思ったが、それにしても磁器を焼くには困難が多すぎる。彼はふきがどこまで先を見据えているのか分からない気がした。

「素地《きじ》はどうする」

「どこかの皿山《さらやま》（産地）に頼んで分けてもらいたいけど、おそらく無理でしょうから手に入るもので工夫してみるわ、意外なものができるかもしれないし」

　繊細な絵付けを好む彼女が磁器へ向かうのは、ある意味で当然の風向きであったし、新次郎にも分かる気持ちであった。しばらくして彼女は習学のために皿山へゆくと打ち明けた。肥州《ひしゅう》の伊万里《いまり》は遠すぎるから九谷《くたに》へゆくつもりだと言うのを聞くと、彼は正直うろたえた。長く抑えていた思いを乱暴に揺さぶられて、いきなり決断を迫られ

た気がした。けれども、それはそれで二人の潮どきと言えなくもなかった。

彼は今日半ば億劫《おっくう》な気持ちで小普請《こぶしん》支配に会ったとき、何と無意味なことを二十年も続けてきたのかと茫然《ぼうぜん》として、そろそろ行くさきを決めようと思った。息子は新次郎が戸田家に入ったときと同じ十七歳になっていたから、後見をつければ家はどうにかなるはずである。そのことを近々家族やふきに話すつもりでいたのだったが、今日ふきのほうから決定的な話を切り出されるとは思わぬことであった。

ふきは新次郎が旗本で小石川の屋敷に暮らしていることを知っている。打ち明けたとき彼女は驚きもしなかったが、子供は、と聞き返した。ひとりいると知ると、仕方がないと思ったのか、それ以上立ち入ろうとはしなかった。向島の小さな陶房の女と旗本がどうにかなるとしたら、世間の目をはばかるしかないが、それなら在《あ》るがままでいるほうがよほど堂々と暮らせる。身寄りのない女の分別で彼女は男の事情に関わろうとはしなかったし、男と二人きりの陶房で女を捨てられるのは陶工としての分別であった。その彼女が自分で扉を開けて新しい世界へ出ようとしている。親代わりの老人から譲り受けた陶器の技法をいったん捨てて磁器を焼くという。新次郎は頭では賛同しながら、ある日突然この家から彼女が消えて、廃窯《はいよう》を相手に暮らす月日の淋《さび》しさを考えた。ふきが九谷へゆくなら自分もゆきたいと思う気持ちが、女のためか作陶のためか分からない。

「瀬戸助は死んだときいくつだった」

「五十七」

「十歳は老《ふ》けて見えたな」

彼は言いながら、二十年後の自分かと思い合わせた。老けて見えたのは、それだけこちらが若かったせいかもしれない。生きていたら、老人はこの厄介な男と女をどうするであろうか。才能も気概もある娘に身分だけの男はそぐわないばかりか、持っている未来の長さも違う。彼ははじめて齢《よわい》の壁を感じながら、

「あのころ磁器を焼くといったら、瀬戸助はどうしたかな」

とふきの本心を探る気持ちで訊《たず》ねた。

「九谷でも伊万里でも連れていってくれたでしょうね、おじいちゃんの夢でもあったし」

「九谷より柿《かき》右衛《え》門《もん》が好みだろう」

「どうかしら、九谷の色遣いは白が哀《かな》しいほど大胆だから、色にこだわる人にはたまらないでしょう、おじいちゃんは使えないものを焼くのを嫌ったけど、わたしは眺めて心が満たされるなら、それも使うことだと思う、だから色絵に惹《ひ》かれるのかしら」

彼女は楽しげに言い、ひとりでも行くつもりだと告げる口振りであった。

「九谷の白が雪だとしたら、どんな色を置いても受け入れてくれる気がするの」

新次郎は黙って、窯の火に目をやった。胴木間《どうぎのま》の天井に二つある火吹き穴からは、角のような炎が噴き出している。太い薪《まき》も思うようにならない陶房で、ふきと窯を焚くとき彼は満たされていた。その世界がなくなることは考えたくなかった。

「九谷へ行くなら……」

ふたりでと言いかねて、彼は嘆息した。ふきとの成りゆきを知ったときの妻や義母の反応を考えると気が重いこともあったが、ふきがそこまで望まないことも考えられた。できればこのままひっそりと続けられたらと願うのは身勝手で、彼女の可能性まで奪うわけにはゆかない。かといって、ひとりで窯を焚き続ける自信もないのだった。この家からふきがいなくなる、そう思うだけで彼は一遍にあたりがうそ寒くなるのを感じた。

「あなたが向島で焼きものにうつつを抜かしていることはとうに存じておりましたよ、荒《あば》ら屋に若い女子《おなご》と二人きりだそうですね」

知っていてどうして黙っていたのか、義母の栄はいまになり非難がましい目を向けてきた。戸田の女は妾宅《しょうたく》を認めるくらいの甲斐性はあるのだから、ほどほどに遊ぶことだと諭すのは、ふきをそれだけの女と決めつけているからであった。

「どうしてもと言うのであれば兼太郎《けんたろう》に家督を譲るのはかまいませんが、いまさら離縁は困ります、戸田にも体面というものがございますから」

居丈高《いたけだか》な母親のとなりで、多実は黙っていた。夫に背《そむ》かれたといっても、もとから不仲であったから、息子の兼太郎がいれば彼女の幸福は揺るがない。しかし、この事態を招いた責任の半分は彼女にもあるのである。能面のように冷たく、何を考えているのか分からないその顔を見ると、新次郎は他人よりも他人らしい気がした。

「そなたはどうなのだ、母上が申される通りなのか」

「わたくしは別にいまのままでもかまいません、どのみち来るところまで来てしまったのですから」

彼女は臆面《おくめん》もなくそう言った。夫婦のはじまりから自分がそう仕向けたという意識は欠落して、夫を見る目には悔恨も嫉妬《しっと》も感じられない。その口からはうまく取り繕った本音がこぼれた。

「遠からず兼太郎が跡目を継いで嫁を迎えれば、わたくしも姑《しゅうとめ》でございます、この家に必要なのは見苦しい波風ではなく、家格にふさわしい平穏かと存じます」

「そうして飽くまで安閑と暮らすか、兼太郎はそなたの思いのままだな」

子のことに触れると、多実は不意に唇を歪めて顔を背けた。彼女にすれば花のように丹精した、分身のような息子であった。老いて死ぬときがくるまで背かれることもないかわり、心から敬われることもないだろう。新次郎は男親として兼太郎にも言うだけのことは言うつもりだったが、それも母親という魔物に阻《はば》まれていた。かつて陰気で繊弱に見えた女が、子のことになると高慢な本性を隠そうとしなかった。

「いまのままでよいというなら、わしがいなくてもこの家は変わらない、同じことなら婿《むこ》養子は御払い箱にして、せいぜい母子で睦《むつ》み合えばいい、年に四両二分の小普請金で三百石は守れる、違うか」

「ちょっとお待ちください、それでは話があべこべですよ」

と栄が口を挟んだ。

「当主として誉められたことをしていないのはあなたでございましょう、戸田家を守ることを第一に考えるべき人が町家の女に溺《おぼ》れた挙げ句、多実を悪妻のように言うのは筋違いというものです」

「そうでしょうか、手前にはこの家も、この家の女子《おなご》もつまらないものに思われてなりません」

普段おとなしい男の放言に、女ふたりは目を見張った。不躾《ぶしつけ》な言葉への怒りもあったろう。しかしはじめに去勢してしまえばどうにでもなるはずの婿養子が、家付きの妻と母親に向かって暴言を吐くにはそれなりの覚悟がいる。暮らしの限界を見てしまった男の覚悟を知ると、栄は切り札を持ち出した。

「このこと高橋は承知しているのですか」

「いや、兄は何も知りません」

実家は兄の代になっていて、戸田家との関係は兄弟のそれに変わっていたから、むかしほど家と家の格の差を怖《おそ》れることはなかった。むろん言えば兄は反対するだろうが、その前にこちらが結論を出してしまえば関わりようがない。栄はその考えを逆手にとって、

「一度仲人《なこうど》を交えて、ご実兄とも話したほうがよさそうですね」

と言った。うまくすれば兄が弟ではなく自分たちの味方になることを知っているのだった。新次郎の苦い顔色を見ると、彼女は勢いづいて捲《まく》し立てた。

「もちろん内々《うちうち》の話で済ますに越したことはありません、ですが、わたくしたちがこうして心を砕いても、あなたのお考えが変わらないようなら、早々に双方の親族を集めて話し合うしかないでしょうね」

「それには及びません」

「そう勝手ばかり言われては困ります、こちらとしてはここで丸く収めて、あなたの顔も立つようにしようと申しております、どうでもその女子と切れないというのであれば女中として家に入れてもよいのですから」

「馬鹿《ばか》なことを……」

　言うかわりに、新次郎は溜息《ためいき》をついた。何も分かっていない、と思った。暮らしは十分に恵まれているのに充足を感じないのは、この家に躍動するものが何ひとつないからであった。二十年を暮らしたいまも、部屋は陰々として息苦しいだけである。外の明るさを知る目には、屋敷そのものが大きな奥津城《おくつき》にも見えてくる。丹精した石の庭は冷たく、変わることを許さない。栄や多実には安息の場でも、生の喜びを求めるものにはまるで張り合いがない。陶工として自立し、生き甲斐《いがい》に困らないふきを閉じこめるのは論外であった。

　女たちが名ばかりの当主を失うことではなく、世間への聞こえを怖れていることも分かっている。家名を守るために何も起こさないことが彼女たちの世過ぎで、そうして戸田家は生き延びてきた。けれども、そのためにだけ生きて何になるというのか。これ以上不毛な話し合いを続けても仕方がないと思いながら、彼はひとこと言いわけした。

「ふきはそういう女子ではありません、たとえ飢えても、この家の世話になることは望まないでしょう」

「では、どうなさるおつもりですか」

栄は目を剝《む》き、多実は訴えることもないのか虚《うつ》ろな視線を投げ出した。新次郎はかまわずに栄を見ていた。彼が義母に逆らったのは今日がはじめてだが、そこには二十年の不信がこめられている。彼女がそのことに気付かないなら、自分で自分を解放するしかなかった。その結果、零落《おちぶ》れようと世間に誹謗《ひぼう》されようと、一生を無為のうちに終えるよりはましであった。

「分かりました、どうあっても家を出るということなら、明日にでも高橋へ使いをやります、是非は世間が明らかにするでしょう、よろしいですね」

「ご随意に」

と新次郎は辞儀をした。とめて聞く人ではないし、したいことをさせたうえで闘うしかないだろうと思った。さきに席を立つと、彼は素早く兼太郎の部屋へ歩いていった。親として最低限のことは話しておかなければならない。

部屋の前まできて声をかけると、兼太郎は立ってきて父親を自室へ招じ入れた。少し驚いた顔にぎこちない微笑を浮かべて、散らかしておりますと言ったが、部屋には書見台が出ているだけであった。よく成長したわりに顔立ちは歳《とし》よりも幼く見えて、細い指や色の白さがいかにも深窓の育ちらしい。彼は予感していたのか、新次郎が家を去るであろう事情を話すと、そうですか、そういうことになりましたか、と妙に落ち着いていた。新次郎は出鼻をくじかれて、これも長く家庭と遊離していた報いだろうかと思った。

「おまえにも言いたいことがあるだろう、遠慮せずに言え」

彼は言ったが、兼太郎の口から聞けたのは母親の考えの受け売りのような言葉で、この家を守るのが自分の務めだから、少し早く役目が巡ってきただけのことだという。

「たしか父上も十七で主《あるじ》になられたと聞きます、若くして家を継ぐのは戸田の男の宿運かもしれません」

「わしと違い、おまえは嫡流《ちゃくりゅう》だ、何かに夢をかけるなり古いものを壊すなり、やりたいようにやればいい」

「それはできません、家は同じように続けることに意味があります」

「本当にそれでいいのか、さきは長いぞ」

「わたくしにはこの家しかありませんから」

兼太郎は大切なものでも眺めるように、一生背負うことになる部屋を見まわした。そのとき外に人の気配がして、新次郎は息子の部屋をあとにした。廊下へ出ると、少しさきに多実が立っていた。その目は無断で息子に近づいた男を咎《とが》めている。新次郎は障子を閉める前に、おまえたちの言う家はただの器にすぎない、よく考えろ、と言ったが、兼太郎は目を伏せたまま答えようとしなかった。

その日の夕暮れに墨東《ぼくとう》の船着場から小梅村へ向かいながら、新次郎はふきを誘い出して酒でも飲もうかと考えていた。陶房から遠くないところに何軒か料理屋があるのに、彼らは一度も足を運んだことがなかった。ふきが女らしい衣食の贅沢《ぜいたく》を求めないこともあったが、新次郎も彼女といる間は散財の楽しみを忘れていたのである。だが今夜は飛び切り上等の鉢肴《はちざかな》でもつついて、ゆっくり語り合いたいと思った。

ついさっきまで小舟に揺られながら、彼はとうとうすることをして自縛が解けた気分を味わっていた。もう引き返せないと思う気持ちは悔いとは無縁で、これから本当の暮らしがはじまるのだという期待と不安とに揺れていた。小石川の屋敷に未練があるとすれば兼太郎のことだが、どこかで一線を引くより仕方がなかった。彼が二十年後にいまの自分の齢《とし》になったとき、何も疑問に思わないのであれば、それはそれで彼の幸せだろうし、思うなら父親を思い出すだろう。そのころまでに自分は美しいものを生み出す陶工になっていたいと願うだけであった。

広い武家屋敷の塀沿いに歩いて、寺の木立を過ぎると、ぽつぽつと瓦町の家並みがはじまる。陶房は小梅村の田畑に近い町の外れにあって、人家の尽きるそのあたりは人の気配に乏しい。道筋の瓦師の家の庭は広くとられていて、人手も多いのだが、盛り場のない村のほうへゆく人は限られている。

陶房の数軒手前の家の前庭に鮮やかな紅白の花を見つけて、新次郎は何気なく立ち止まった。低い籬《まがき》の向こうに群れているのは石竹で、美しい絞り模様が目をとらえたのだったが、見るうちに、それはいつかふきが下絵に描いた青い石竹と重なっていった。白磁なら悪くない、とそのとき不意に思った。脳裡《のうり》に浮かんだのは染付けの壺《つぼ》で、白い器肌《きはだ》に青の絞り模様は自然であった。すると彼女の意図したものが、いまになり見えてくる気がしたのだった。そんなことでも一歩ふきに近づいたように思い、これからはじまろうとする彼女との長い戦いにも似た暮らしが、甘いものではないにしろ立ちゆく可能性を感じた。

彼はふきと九谷へゆくことをもう怖れてはいなかったが、その気持ちには作陶への情熱と女への愛情が同時に働いている。ふきも同じとは限らないから、気持ちを確かめなければならない。彼はこれから彼女に会って、家を捨てたことを告げ、許されるなら今日からでも彼女と暮らすつもりであった。

薄い夕闇《ゆうやみ》に呑《の》まれた陶房へ着くと、ふきはまだ働いているとみえて、仕事場に気配がする。雑然とした庭から戸障子の開け放たれた仕事場を覗《のぞ》くと、果たして暗い板敷で下絵に没頭している姿があった。

「そろそろ明かりがいるな」

「ええ、お願い」

彼女は顔も上げずに言って、家族でも客でもない男を招じ入れた。誰でもすっと受け入れる気安さと、目もくれない冷たさが、ふきにはある。新次郎は彼女の大切な時の間《ま》を察して、息を凝らした。明かりを灯《とも》すために板敷へ上がって、火打ち石を使うのもためらっていると、細い絵筆を口にくわえたふきが振り向いていた。子供じみた仕草に、急に薄闇の気配が和《やわ》らいだ。

「何を描いている」

灯した行灯《あんどん》を近付けると、蒔絵《まきえ》を思わせる踊子《おどりこ》の意匠であった。緻密《ちみつ》な線の描写は研ぎ澄まされた精神の鼓動を感じさせて、しかも新しい。まだ描きかけの絵に彼はしばらく見入りながら、焼くのか、と訊《たず》ねた。

「ええ、山吹に使った釉薬《うわぐすり》をかけてみるつもり、この意匠に黄瀬戸の肌は合わないかもしれないけれど、試してみたいの」

「いや、おもしろい」

新次郎は下絵の踊子が炎とともに舞い、色を変え、やがて永遠の姿となって現われるのが見える気がした。昼夜の別なく創作に打ち込み、執拗《しつよう》に可能性を追い求めるふきの情熱に引き込まれていた。彼女はもう磁器の発想をしていると思ったが、陶器の可能性を見捨てたわけではないらしかった。いつか同じ意匠を白磁に焼きつけ、一対の器として比べられたら本望だろうと話した。

「踊子は線彫りにするのか」

「それも考えたけど、鬼板《おにいた》で下絵をつけて枯れ色を出せたらと……」

ふきが言うそばから、新次郎の目に風雅な焼き上がりが見えてくる。彼は時分どきに訪ねてきたわけを言いそびれて、仕事に戻ったふきの横顔を眺めていたが、少しして日が落ちたのに気付いて立っていった。ざっと戸締まりをして、仕事場と土間続きの台所へ行ったが、食べるものがない。

仕方なく米を研ぎ、庭へ回ると、竈《かまど》にくべる柴《しば》は山ほどあるのに蔬菜《そさい》を作る畝《うね》ひとつないのも、この家の事情であった。それでいて暮らしの苦しさを感じさせない不思議があった。雑然として足の踏み場もない庭の奇妙な安らぎ、素地《きじ》と柴の匂《にお》い、火を待つ窯《かま》の不気味な沈黙、あるのはそれだけだが、どうしてかゆったりとしている。

一束の柴を持って台所へ戻ると、気になるのか、ふきが仕事場から声をかけてきた。窯焚《だ》きの最中でもないのに夕暮れに手ぶらで訪ねてきた男の事情を、彼女は聞こうとしなかった。かわりに彼女は言った。

「四、五日したら窯を焚くつもりよ、焼きたいものがあるなら急いでほしいの、ついでに台所の竈も直してほしいわ」

「四、五日で何ができる」

「猿のしがみついた茶碗《ちゃわん》」

彼女はそう答えた。いつか自分のために焼いてほしいと言った、あの幼稚な茶碗であった。ふきはもうひとつの暮らしから抜け出してきたらしい男を察して、さりげなく自分の気持ちを伝えたのだった。

「九谷行きはしばらくお預けね、小皿の注文がきたし、忙しくなるわ」

ふきの心を計りかねていた新次郎は、ひとりの土間でうなずいた。しかし彼女は必ずゆくだろうと思った。いまはそのことを怖れてはいない自分を感じる。見知らぬ土地で未知の世界に二人で挑むときがあるなら、それ以上の困難も喜びもないのだし、よけいな感情は持ち込めない気がした。作陶の孤独に立ち向かうとき、情愛と紙一重の男女の馴《な》れ合いは禁物であった。けれども、二十年の徒労に耐えてきた彼には密《ひそ》かな自信があった。

彼は仕事場の土間へ歩いていって、板敷に屈《かが》んで目を光らせている美しい人を見た。何かひとこと言うつもりで感情の籠《こも》った目をあてながら、そのときでないと悟ると、引き返して竈に火を熾《おこ》した。ふきが創作に没頭するなら、何をしても支えなければならない。立場が逆であれば彼女も同じことをするだろう。上等の料理と語らいはお預けであった。

竈に炎が立つと、どこからかごうごうと燃え盛る火の音が聞こえてくる。そこに無限の可能性があるなら、猿の茶碗もいつか苦闘を経て見違えるものになるだろう。柴の妖《あや》しい火色に見入りながら、彼は彼で新しい造形を思いはじめた。それにしても瀬戸助と巡り合えてよかったと思い、ふきとともに彼のあとを追いかける気持ちであった。

火《か》術《じゅつ》師《し》

五味康祐

五味康祐（ごみ・やすすけ）

一九二一年、大阪・難波生れ。早稲田第二高等学院中退後、明治大学文芸科入学。学徒出陣し、復員後、各種の職業を転々としたのち、『喪神』により五三年に芥川賞を受賞。以後時代小説作家として、剣豪小説のブームを作る。『柳生武芸帳』『二人の武蔵』『一刀斎は背番号6』など、作品多数。八〇年肺癌のため死去。『五味康祐代表作集』全十巻（八一年、新潮社）がある。

一

湯島のお由《よし》と呼ばれる女太夫《だゆう》がいた。十一代将軍・家斉《いえなり》の比《ころ》である。

湯島の芝居小屋に或《あ》る日、狂人あって、刀を抜いて振りまわし人々迷惑していたら、

「妾《わっち》におまかせ下さいまし」

職人の女房ふうな女が逃げ騒ぐ群衆をかきわけて狂人の前に立った。見れば一糸まとわぬ裸なので、如何《いか》な気違いも呆気《あっけ》にとられる所を難なく取り抑え、刀を奪った。以来、人は「湯島のお由」と呼び囃《はや》すようになった。『甲子夜話《かっしやわ》』巻十八の記述に拠《よ》ると、彼女は鳶《とび》の者の未亡人で、「膚《はだ》白く容顔殊《こと》に美艶《びえん》なりし」上に、陰部の傍《わき》に「蟹《かに》の横行して這《は》い入らんとする形をほり、入墨に為《なし》たりと」

――又、

「亡夫の配下なりし鳶ども強性者多かりしが、皆この婦に随従し、指図を受け、一言云《い》う者もなかりしとなり」とある。

このお由が、本気で、亡夫以外の男に惚《ほ》れた。一年前のことである。

両国川開きの花火で知られる『玉や』が、前後三回にわたる出火で没落した。将軍お成りの道すじに営業せるものが火を出すとは不埒《ふらち》なりと闕所《けっしょ》（江戸払い）になったのである。その時に、『玉や』の屋敷跡――両国吉川丁《よしかわちょう》――を徘徊《はいかい》する乞食《こじき》がいた。この乞食、両刀をたばさんでいるので番所の者も追っ払いかねていると、焼跡の地面に身を屈《かが》めては常に何やら探している。月代《さかやき》は延び放題、項《うなじ》の後《おく》れ毛《げ》など蓬髪《ほうはつ》さながらで、弊衣は言うも更なり。ただ、筋骨あくまで逞《たくま》しくて眉《まゆ》太く、はだけた胸もとには黒々と胸毛が渦《うず》をなしている。赭《あか》ら顔。その割には頬に艶《つや》あり、鍾馗《しょうき》が浪人体をよそおう如《ごと》くであった。もう一つ、乞食にしては不可思議な金襴《きんらん》の雅《みや》びた守り袋を腰に吊《つ》っていて、何やら、焼跡から撮《つま》みとって、掌《てのひら》へぱらぱらと落し、鼻をよせ匂《にお》いなぞ嗅《か》いだりしては、この土けらを大切そうに守り袋におさめる。

大小の鞘《さや》は塗りが剝《は》げていて、どうかすれば蹲《かが》み込んだときに鐺《こじり》が地面を擦《こす》るのもいっこう意に介さない。多分それで、中身は竹光ならんと番所の者らは私語したが、薄気味わるくも思って近寄らなかった。土けらばかりか、焼け釘《くぎ》なぞ拾って行くこともある。これも守り袋におさめる。

奈辺《なへん》の寺の床下に棲《す》んでいるのか判然しないが、忘れたころに、飄然《ひょうぜん》と又たち現われて焼跡をうろつくので、いつとはなく界隈《かいわい》の噂《うわさ》に立つようになった。

湯島のお由は、『玉や』出火のおり、纏《まとい》を翳《かざ》して消火に駆けつけた鳶の者らから、この噂を耳にした。

「町方衆にべつだん迷惑をかけちゃいないんだろう。放ってお置きな」

はじめは、そう言って気にもとめなかったが一日、所用あって平右衛門丁の実家へ出掛けた途次、噂の男を見たのである。

なるほど、ぷんと異臭を放つ襤褸《ぼろ》を着て、それもまた梅も咲かぬ寒さというのに単衣《ひとえ》もの、襦袢《じゆばん》がわりに着ているのは剣術の稽古着《けいこぎ》らしい。眼光は鋭く、しかも、どこやら悄然《しようぜん》と焼跡を見廻《みまわ》して佇《たたず》む様が、只《ただ》の乞食侍とも思えなかった。

「モシ……何をしておいでだえ?」

持ち前の気丈さで、お由は、袖《そで》を引く乾分《こぶん》の手を払いのけてツカツカと路傍《みちわき》へ寄っていった。空の綺麗《きれい》に晴れた如月《きさらぎ》なかばの昼下りである。

声をかけられて男は胡散臭《うさんくさ》そうに、一瞥《いちべつ》をくれたが、相手にならず、物をさがす眼つきで地面を見まわしている。良《やや》あって、

「女。戻りにもここを通るか」

「?……」

「天王丁に『淡雪』を売っておるが。評判の店よ。奇特のこころざしあるなら、戻り

に買《こ》うて喜捨してくれよ」

「この野郎！」

乾分が腕まくりになるのを目で叱《しか》り、

「ひもじいんでござんすか」お由は、帯に挿《はさ》んだ紙入れから何がしかの鳥目《ちょうもく》をつまみ取ると、

「これで、好きなものをお喰《た》べな」

パラッと足許《あしもと》へ抛《ほう》った。

「何をいたす」

途端に、目をあげた男のその眼がハッとする程、澄んで、うつくしい。

「女わらべの知るところに非《あら》ずと思えば、腹も立たぬが、投げ銭とは言語道断。喜捨のこころざしあるなら、いま抛ったもの手ずから拾うて、これへ渡せ」

むっ、としたのは今度は乾分ばかりではなかった。が、お由は、口もとを歪《ゆが》め、

「なるほど……お前さん、それでもお武家だったかねえ……」

捨て台詞《ぜりふ》で、やおら褄《つま》を取り、素足にひっかけた塗下駄《ぬりげた》の足もとを、焦《こ》げた木など踏まぬよう除《よ》けながら、ゆっくり、男のそばへ寄っていった。

「いかにもわっちゃお前に喜捨のつもりでいたサ。鳥目なんざ、何処《どこ》かの乞食のあと

で拾うでござんしょうえ。――さ、手をお出しな」

帯の紙入れからあらためて一朱銀をつまみ取ると、男の胸さきへ、ぬっと出した。

袖口から肌の白い、肉づきのふっくらした腕が延びている。

男は受取ろうとしない。

じっとお由を見戍《まも》って、ふっと、破顔し、

「おもしろい女。汝《うぬ》の名は？」

「何をほざきゃあがる。名を聞いて受取り証文でも書くつもりかえ」

「いよいよ面白い。まこと書いて進ぜよう。――名は何と申す？」

「ふン」

鼻で嗤《わら》ったが、どうしてか男の視線から目をそらし得ない。

「……お由だよ。湯島のお由」

「よい名じゃ。拙者参州浪人西沢勘兵衛。見知りおきを願おう。――さて」

腰の金襴の守り袋をうしろ手で外して、「汝がこころざし、本日何よりの掘出し物なれば、これへおさめて頂こうか」

袋の紐《ひも》を、指でおし開け、彼女の胸さきへ突出した。何か子供っぽくて、ままごとめく所作だった。そうして、「由、と申したな？」と念をおす。

二

まさかと思ったら、それから四日目、ほんとうに受取り証文をしたため湯島横丁へ訪ねて来た。

例によって傍若無人、威勢のいい鳶の若い衆などは眼中にない。

「頼もう。由は在宅か」

ちょうど奥座敷では六番組の小父《おじ》さん（纏の頭取・牛右衛門）が訪ねて来ていて、差し向いで一献かたむけているところだった。

「姐《あね》さん、来ましたぜ。気違《きちげ》えの乞食野郎が」

小頭《こがしら》の辰吉《たつきち》という者が肚《はら》に据《す》えかねて取次ぐと、お由の顔が一瞬、酔いの所為《せい》ばかりでなく赧《あか》くなったそうだ。麗々《うらうら》と小春の暖かい陽差《ひざし》が縁側にさしており、障子を開け放った庭の隅《すみ》に、亡夫自慢のしだれ白梅が蕾《つぼみ》を点《つ》けている。

「誰だね、湯島の」

牛右衛門はもう六十過ぎ、上座《かみざ》に坐《すわ》って、猪口《ちょこ》をおく手で傍の煙管《きせる》をとった。

「いえね、妙な男でござんすよ。……でも」

お由は起《た》とうとした中腰を辰吉へ向きかえ、

「まさか証文書いて来たんじゃないだろうねえ」

「そ、それが書《け》えて来やあがったんで」

これでござんすよ……四つ折にしたのをその儘《まま》、つ、つ……と膝《ひざ》で進み入って、手渡した。

『一、銀三朱。正に喜捨を享《う》け候《そうろうこと》「分明也《なり》。泰宗寺ゆか下住人　西沢勘兵衛　認《これをしたたむ》之』

手跡の巧拙はお由には分らない。実のところ能《よ》く読めもしなかったが「勘兵衛」の署名に、あの男さながらな剛毅《ごうき》の風格がある。

「それで、待たしてあるのかえ」

「いいえ、帰《けえ》しやした。臭くっていけねえ」

「ばか」

思わず柳眉《りゅうび》がつり上った。

「どうしなすったか」

牛右衛門は町火消し四十六人衆の中でも筆頭に据えられる老人である。町内持ちといって、火事のない折にも皮羽織の寄贈を受けたり、祝儀《しゅうぎ》不祝儀の折々に馳走《ちそう》や手当にあずかるが、火消し仲間の新年宴会が催されたとき、頭取衆いずれも組の半纏《はんてん》に、裏は大紬《おおつむぎ》のリュウとした物をあしらって、この裏の派手な半纏を一斉《いっせい》にパッと脱ぐ。

そんな中で、牛右衛門だけは並うらで一向平気だった。仲間の一人が「三丁目の父《とっ》さん、そんな半纏を着ちゃァ通り三の沽券《こけん》にかかわりゃしませんかネ」と言ったら、牛右衛門はニッコリ笑って、「御注意は有難いが、やわらかいものが着たけりゃ、越後《えちご》屋《や》白木屋はこっちの町内だ。好き自由だが、おいらがやわらかい物をつけたら、旦那《だんな》衆《しゅう》は何を着なさるだろう」とたしなめた咄《はなし》が篠田《しのだ》胡蝶庵《こちょうあん》の著書に載っている。

又ある時、ろ組の頭が来て、「成田の不動尊へ提灯《ちょうちん》を吊《つ》りたいんだが、三丁目のがあがっているから、麴町《こうじまち》（ろ組）のを、とっさんの方のワキへ、是非下げさせてもらいたい」という話にナマ返事をしたら、段々相手は真剣に意気込んできた。「それは下げさせてもいいが、大山の石尊さんの提灯をこちらも上げてみたい、わきでいい、下げさせて呉《く》れなさるかネ」笑顔で言ったら、いかな『ろ』組も黙って引き退《さが》ったという。

それほど貫禄《かんろく》のある、しかも温和な老人で、お由は女ながらに亡夫のとうばん（纏）をこの老人の後見で継ぐことが出来た。いわば親代りだった。

さて牛右衛門も乞食浪人の噂は聞いていて、

「律義《りちぎ》な人たあ思ったが……併《しか》し、いい字だねえこりゃあ……」

お由に見せられた証文をしげしげと眺め、こう言った。

「湯島の。お姫さまの肩代りにお前《めえ》さん、なってみるかね？」

牛右衛門は意外なことを知っていたのである。

焼けた『玉や』は、打揚げ花火の元祖『鍵屋《かぎや》』の手代で清吉というものが暖簾《のれん》を分けられ、構えた店だが、新店《しんたな》披露の花々しさを世に認められたいと三宅《みやけ》家の息女綾姫《あやひめ》君《ぎみ》の美色に匹敵する、大花火を創作しようとして、失敗したのがあの出火である。為《ため》に清吉は江戸払いとなった。ついでに言えば『鍵屋』『玉や』と巷間《こうかん》に騒がれる『玉や』はこれ一代である。従って川柳にも「玉やだと又ぬかすなと鍵屋言ひ」とある。

さて『鍵屋』では、今一度、何とか『玉や』の家名を興《おこ》させたいと陰で種々奔走したらしいが、何分、三度目の出火が将軍日光社参の前日であったため、不敬の科《とが》もあったことでこれは許されない。そうなると人情で、大花火の註文《ちゅうもん》のあった綾姫を恨み申すようになった。

もともと『鍵屋』は、万治二年、『鍵屋』の祖先が大和（柳生領《やぎゅう》）篠原村から、江戸へ一稼《ひとかせ》ぎに出かけて、思いついたのが吉野管に火薬を練って作った小さな星を入れ、これに火をつけると星が燃えてパッと飛び出す花火だった。もっとも幼稚な花火ではあったが、これが売れて店は大繁昌《だいはんじょう》、ちょうど六代目弥兵衛《やへえ》のときに（享保《きょうほう》二年。『鍵屋』では代々弥兵衛を名乗る）隅田川《すみだがわ》水神の祭りをあてこんで初めて川開き花火なるものを創案した。するとこれが又当った。『東都歳時記』に、「五月二十八日両国橋の夕涼み、今日より始まり八月二十八日に終る。ならびに茶屋見世物夜店の始《はじめ》にして今夜より花火をともす、逐夜貴賤《まいやきせん》群集す」とあるが、当時の両国界隈の賑《にぎ》やかさは後世の浅草、銀座にも比すべきもので、夏は川岸に並ぶ、ならび茶屋の提灯の灯《ひ》は川の面《おもて》に花火を待たずして竜《りゅう》となり玉となり、甚《はなは》だ賑やかなものだった。加えるに、蔵前の札差しの富商らが夜毎《よごと》に花火を打揚げて贅《ぜい》を競う。川遊びを張り合うわけで、豪商何某《なにがし》が打揚げれば、次は札差しなにがしが負けまいと更に豪華なのを揚げる。夜空を仰いで、江戸町民はアレが勝った、いやコレだと品評に余念がないが、どれほどに競っても、作り手は『鍵屋』一手。これが『玉や』のように対抗する店でもあれば、誂《あつら》える方もみが入り一段と贅を競えるし興趣も添おう。けっきょくは、儲《もう》かるのである。『鍵屋』が綾姫を憾《うら》んだのも商人根性で、無理のないわけである。

——一方、綾姫が、一代の大花火をと註文したのにはこれ亦《また》、それなりの理由があった。

三

綾姫の父三宅備前守《びぜんのかみ》は、参州田原の城主ながら、封地わずか一万二千石。当時の小大名の例に洩《も》れず、たかだか一万石の小藩で、藩財政の内実は目を蔽《おお》わしむる窮乏状態にあった。そこで、備前守の卒去した時に、備前守（康明）には世嗣《よつぎ》の男子がなかったので継嗣問題が起った。

康明の異母弟友信が継ぐべきとする正統派と、藩政を救うため雄藩より養子を迎えんと主張する老臣派との対立である。

けっきょく、老臣の主張がとおって友信は巣鴨《すがも》の別墅《べっしょ》に隠居させられ、姫路の酒井雅楽頭《うたのかみ》より末子康直《やすなお》君が迎えられて藩主となった。仍《すなわ》ち当主三宅土佐守で、綾姫には姉弟の間柄《あいだがら》になる。

綾姫は病身を表向きに十六になっても縁づかず半蔵御門外の藩邸にいたが、本当の理由は貧乏で、化粧料（入輿《じゅよ》の持参金）がととのわぬからだった。併し姫路十五万石の酒井家より当主が迎えられてはそうそう家つき娘で居据わっているわけにもゆかない。酒井雅楽頭も見捨ててはおけず、然《しか》るべき相手を物色中、突如、落飾したいと綾姫自らが申し出た。わけを糺《ただ》すと、どうやらそれが友信隠居の一件に拘泥《こうでい》していると分り、剰《あまつさ》え、陰で、姫の決意を促した人物のあることも分った。

西沢勘兵衛である。

勘兵衛は、年寄（家老）の末席につらなる平山志右衛門の倅《せがれ》で、この志右衛門は性剛直にて阿諛《あゆ》せず、しばしば年寄役に推挙されながら固辞しつづけ、後年、ようやく末席に列した人で、もとは御判役だった。

その為かどうか、赤貧洗うが如《ごと》く、勘兵衛には他に三男二女の兄妹があったが、勘兵衛十歳のころ父志右衛門が病臥《びょうが》すると、母は子供達を養育しながら夫の看護に寧日《ねいじつ》なく、しかも夜寝るのに、彼女には蒲団《ふとん》がなくて、破れた畳の上にごろ寝するのが後々までの例になったという。一藩の家老格に推される武士にして、内情はこの有様だった。いかにその生計の苦しかったかが察しられるが、積極的に収入の途を講ずることのかなわぬ武士階級では、所詮《しょせん》、消極的な、食い口を減らす外に手段がない。十二歳のおり、勘兵衛は藩の火術師西沢藤兵衛方へ養子に遣《や》られた。

しかるに年寄平山志右衛門の倅の自負でか、生来の人がらでか、継嗣問題の起ったときに、勘兵衛は友信君擁立派に就《つ》いた。友信隠居の事がきまっても彼は挫《くじ》けず、せめては友信君の子仙太郎《しんたろう》君を当主土佐守の世子に立てたいと奔走し、藩公に直訴したのである。この儘では三宅家の血脈の絶えるというのが理由である。——倖《さいわ》い、土佐守は聡明《そうめい》の人物で、理非をわきまえる英君でもあったから勘兵衛の訴えを容《い》れ、世子は仙太郎と定まった。大名家で、いかに小藩とて、火術師ごとき軽輩の直言が容れられるとは古今未曾有《みぞう》のことだろう。尤《もっと》もこの継嗣問題では、田原藩の今ひとりの臣・画人渡辺崋山《かざん》の尽瘁《じんすい》のあったことが森銑三《せんぞう》氏の『伝・渡辺崋山』には詳しいが、何にせよ、勘兵衛らの赤心がよく主君土佐守を動かして、児島高徳《こじまたかのり》より出たといわれる名家三宅氏の血脈は保たれた。

しかし、いかにも軽輩の直訴とは分をわきまえぬ挙措である。無私の人崋山が仁太郎君の傅《ふ》を命ぜられたと知って勘兵衛は安堵《あんど》してか、いさぎよく責めを負うて浪人した。

この世子擁立の奔走が、綾姫の耳に入ったらしい。おそらくは、火術師なるもののあることも初めて、姫は知ったろうと思われる。——ただ勘兵衛は家老志右衛門の倅なので、その筋で多少の親近感はあったろう。

「火術師というは、何をするものじゃ」

一日《いちじつ》、老女に問い、花火のたぐいなど扱うものらしゅうございまする。女の浅はかさで言葉を飾って答えたのが、勘兵衛への、好奇心を姫の内心にはぐくむ仕儀となった。彼女は言った。

「いちど、その者に逢《お》うてみたい」

火術師というのは「鉄炮《てっぽう》火術」と並称されるごとく、元は軍事のものである。だいたい花火が我が国に伝わったのは天正《てんしよう》年中、櫟木民部少輔《いちのきみんぶしようゆう》が南蛮に渡って火術と鉄炮と共に、烟火《えんか》というのを伝えたに始まるという。慶長《けいちよう》五年に、和蘭《オランダ》人が烟火を献じた記録が『帝国史料』にもあり、泉州堺《さかい》あたりに先《ま》ず渡って来たらしい。そのときは京都御所で天覧に供されたが、江戸へ伝えられたのは将軍秀忠《ひでただ》の慶長十八年秋で、

「エギリス国ノ王始メテ書ヲ捧《ササ》ゲ八月江戸ニ着キ、六日ノ晩二ノ丸ニ於《オイ》テ花火ヲ興行シ上覧ニ供ス」

という。

この頃には、すでに鉄炮火術の流派は立派に一の専門となって、徳川家にも稲富・井上・田付ら諸流の師範が仕えていた。彼らは総括して火術家と称された（鉄炮家とはいわない）。慶長十八年のこの花火は、西洋の歴史から見て多分、立火であったろうと西沢勇志智《ゆうしち》氏は推考しているが（内田老鶴圃《ろうかくほ》刊『花火の研究』）立火というのは打揚げではなく、地上に立てた火口から火を噴く。川開きの催しなどで船上に菊の花壇が彩《いろど》りをパッと闇《やみ》に浮上げるのが立火である。打揚げは、星とか旗とかを玉皮に包み、その玉を空中に火薬の力で打ちあげ、玉が更に中に仕込んだ火薬の破裂によって割れ、同時に火のついた星やら赤や黄の曳光《えいこう》やら、だるまや旗の紙細工の風船などが飛び出すものを言う。

この打揚げは、真田幸村《さなだゆきむら》らの時代、すでに火術師がさかんに研究したらしくて、むろん意図は狼煙《のろし》の為であった。その方途を受け継いで江戸時代、町民の繁栄にともない民衆の間に発達したのが川開きである。しかし火術家は武門の身とて、花火を侮《あなど》り、あくまで狼煙打上げを専《もっぱ》らとした。藩公や将軍家に台覧に供したのも総《すべ》て、狼煙である。

――ただ、現今の軍部と民間会社の例に当てはまるように、常に研究で最新の成果をおさめるのは軍部である。民間会社はその成果を企業に引きついで、利殖する。火術師の中には、秘《ひそ》かに新研究のそれを『鍵屋』に漏らすものがあったらしい。いちど公儀御用達《ごようたし》で林田彦右衛門《ひこえもん》という者が、特製の花火の製作図面をさずけて尺玉をつくらせた。これが従来にない、見事な大輪の花を夜空に開いた。さあ負けた札差しが口惜《くや》しがるまいことか。

林田彦右衛門は内職は金貸しである。各大名家の御内証に融通している。それでさる藩の火術師を督励して、特別に、新花火の製作法を考案させたと分った。そうなれば他の富商が承知をしない。いずれも出入りの大名家に、言葉は鄭重《ていちょう》だがお抱え火術師のお智慧《ちえ》を拝借 仕《つかまつ》りたいと談じ込む。お礼がわりには、金子《きんす》の斯《か》よう位をとヌケヌケ申し出る者もある。そうして得た製法を『鍵屋』に授けて作らせる。申せばオーダーメードである。夏の夜を飾る花火の優劣は、かくて各藩の武事に、家門の名誉に微妙に影響するようになった。

四

参州田原藩は、小藩とて、さいわいに、そういうさかいには巻き込まれなくて済んだ。が、言い代えればこれは、富商らの虚栄を満足さすに足る火術の皆無であったことを意味する。尠《すく》なくとも、名だたる火術師が居れば、どこかの富商が製法を依頼せぬわけがない。依頼があれば、結果はどうあれ、息女の化粧料にも事欠く貧窮は脱し得た筈《はず》だからである。綾姫が火術師の何たるかさえ知らなんだのは、この意味で、西沢勘兵衛の斯道《しどう》怠慢にほかならぬ。もしくは勘兵衛が未熟者なのである。富商らの側で見ればそうなる。

勘兵衛の立場を弁護して言えば、実はそういう裏交渉の口のあることなど夢にも知らなかった。在藩中は、ひたすら彼は主家の血脈を憂《うれ》え、世子擁立の事に狂奔したからである。浪人して、江戸に入って初めて知ったが、知ってみれば愕然《がくぜん》たらざるを得ぬ。おのが役目怠慢で、あわれや姫君は御縁組もかなわない。勘兵衛にはそう思えたのである。時あたかも、実父志右衛門の家来田所が、御意向を承ったとて、牛込天神横の、当時の勘兵衛が浪宅にやって来た。

「何と。姫君お直《じか》にお目通りを賜わる?……」

勘兵衛はサッと青ざめ、咄嗟《とつさ》に、死ぬ覚悟をきめた。

「……そうか。いや、いかにも見参つかまつるぞ」

無精髯《ぶしようひげ》の面体では余りに礼を失する。日時を約し、斎戒沐浴《さいかいもくよく》して浪人髷《まげ》ながら月代《さかやき》も剃《そ》り、麻上下《かみしも》に容《かたち》を改めて鉄炮洲中屋敷に出頭した。白無垢《しろむく》の死装束など着込まなんだのが勘兵衛の男らしさであろう。

家老の妻が寝る蒲団もない大名の中屋敷である。庭など荒れるにまかせ、朽ちた廂《ひさし》の樋《ひ》が秋草の蕭寂《しようじやく》たる地面へ傾いている。廊《わたどの》の此処《ここ》彼処《かしこ》に蜻蛉《とんぼ》が群れて飛んでいる。

奥まった一室の広縁前《さき》に勘兵衛は通された。地に額《ぬかず》いて待っていると、いかに窮迫の住居とて未通女《おとめ》である。馥郁《ふくいく》とえも言えぬ匂《にお》いが漾《ただよ》い来て、

「西沢勘兵衛かえ。遠路、大儀でありました……面《おもて》を上げや」

裳《すそ》を曳《ひ》いて坐《すわ》ったお附きの老女が鉄漿《おはぐろ》のねっとりとした声で言った。

「ハッ……」

畏《おそ》る怖《おそ》る頭《こうべ》をあげる。時に勘兵衛、廿二《にじゆうに》歳であった。

頸《くび》すじの細《ほ》っそりした、小柄な、睫毛《まつげ》の濃い、黒眸《くろめ》がちの少女が、幾分好奇のまな

ざしでじいっと覗《のぞ》き込むように勘兵衛を見下ろしている。黒髪に颯々《さつさつ》と秋風がたわむれるが、緊張のあまりか、もう芳《かぐわ》しい馥郁の余香は匂って来なかった。

「もと御家中にて火術師を仰《おお》せつかり居《お》りましたる西沢勘兵衛にござりまする。姫君様には御健祥のおもむきを拝し、勘兵衛、恐、恐悦至極に……」

どうしてか勘兵衛ハラハラと泪《なみだ》を流した。鬼の目になみだとはあのことよと、あとで老女は袖《そで》で口もとを蔽ったというが、綾姫には、いってつな男の心底は感じとれたのであろう。

「そなた」

普通なら直に声なぞかけぬつつしみを忘れて、

「花火をつくりますそうじゃなあ……わらわに造ってたもらぬか」

「ひ、ひめ！……」

死を命ぜられるを覚悟で勘兵衛は来たのである。人を咎《とが》めることを露知らぬ、無心の眸差《まなざし》が眩《まぶ》しくて勘兵衛は叩頭《こうとう》した。肩をふるわせて。清楚《せいそ》な少女と思えたが、十七にもなって大名の姫君が少女であるわけはない。世が世なら、当然、しかるべき令夫人に納まっているお人である、年歯《としは》である。かならず勘兵衛、御意《ぎょい》にかなう花火を献上致すでござりましょう……胸に誓った。

賤士《せんし》と姫君対面の一場は、あっ気なくこれでおわったが、破格のこの目通りが綾姫落飾を後に勘兵衛が示唆《しさ》したと見られたのである。実はこの対面ののち、幾許《いくばく》を経ずして綾姫に婚約のはなしが酒井家の斡旋《あっせん》でもち上った。それの具体化せぬうちに先方の大名家の次男が急逝《きゅうせい》した。無心と見えても多感の年頃である。縁談の進捗《しんちょく》を聞かされた当座、嬉《うれ》しさからか、女らしい花やぎでか、

「なあ浦尾、花火をあげてみたいと思いませぬか」

老女へ問うた。自分のほしいものを、常に相手が欲しがっているふうにもちかけるのが姫君の常套《じょうとう》手段である。

「ほんになあ……」

老女とて嬉しくないわけはないから、大ふんぱつで『玉や』に花火を依頼した。

——直後、『玉や』の失火、旁〻《かたがた》先方では次男坊の急逝である。綾姫はそれで世を果敢《はか》なんで落飾を決意した。勘兵衛の知らぬことであった。

五

「三丁目の小父《おじ》さん」

十軒店《じっけんだな》の冑市《かぶといち》の賑《にぎ》わいを乾分《こぶん》とさすらったあと、別れた足でお由《よし》は意を決して、牛

右衛門宅を訪《おとの》うた。

我ながら胸のうちをどう打明けたら分ってもらえるか、そのもどかしさが、今日まで告白を逡巡《しゆんじゆん》させたのだが、差《さし》で温和な老人に対《む》き合ったら、案外すらすら言葉が出た。

「欲得なしの、得心ずくだと言いなさるんだね」

「あい。見のがしておくンなさいまし。わっちゃもう、これよりほかどう仕様もなくって……」

「乞食《こじき》の女房たあ如何《いか》さま豪儀ではあるがね、湯島の纏《とうばん》のけりじゃあねえよ。こいつは確かに、わっしが話をつけて進ぜよう。肝腎《かんじん》なのは先方さまの肚《はら》だ。水をさすわけじゃないが、うんと言いなすったかね？」

「小父さん」

お由は二十七の大年増《おおどしま》の落着きだけは失わない。

「わっちも一時は纏を預かった女でござんすよ。金輪際、肌を許そうとは思っちゃァおりません」

「なに？　夫婦《みょうと》になるんじゃねえのかい」

「いえ、……そりゃ、そういうことにしなきゃ勘の字さんは兎《と》も角《かく》、わっちの立場がなくなるじゃござんせんか」

花火の試作は、間違えば火を出す。お由は消火が稼業《かぎよう》である。ほかの立場なら綺麗《きれい》な間柄で援助も出来ようが、お由の稼業で若《も》し勘兵衛が火を出しては仲間衆へ顔向けができない。世間へも義理が立つまい。女心の一途《いちず》で夫婦になったということなら、失火の責めはお由ひとりが負えば済むことである。

「なる程ねえ……そこまで覚悟ができた上の話なら、もう何も言うめえよ。だがな湯島の、お前さんのほうは筋が通っちゃいるが、今の話、甘んじて受けるような西沢さんは男かねえ?」

「それが、憎らしいくらい……」

「やっぱり断わりなすったか」

「いいえ、よかろう。気にいった、だなんて……」

言いながらポーッとお由は、はじめて、ここで瞼《まぶた》を染めた。

亡夫の纏は副頭取だった三次郎という年嵩《としかさ》が受持って、無事、跡目を継いだ。江戸名物でもあった女纏持ちは、かくて乞食浪人の女房におさまったのである。お由の俠名《きようめい》が前以上にあがったのは人情のおのずからな趨勢《すうせい》でもあったろう。

住居は世話する者があって両国橋わき尾上町《おのえちよう》に構えた。大川に臨んだ元は紙鳶《たこ》絵師の仕事場だった跡である。紙鳶絵師は正月に揚げる凧《たこ》を作る。現今と違って、畳五畳分くらいな大凧の註文《ちゅうもん》はざらだったから、自然と、屋内は工房造りで広い。家の裏手は掘割。その向う岸は水戸藩の石置き場だった。万一、試作が失敗して玉が爆発しても近所に迷惑のかからぬよう、これだけの配慮でお由はこの住居をきめたのである。名物女の彼女が、あろうことか乞食の女房になると聞いてポンと家作ごと『餞別《せんべつ》』に呉《く》れた家主（湯島横丁の大店《おおだな》）上総《かずさ》屋の厚意にもよったのだが。

勘兵衛は、この家に同居するときまった日から、大枚の金子《きんす》を請求した。

「道具諸式を揃《そろ》えいでは相成らん。めしはその代り、いらん。これ以上の出費をかけては済まんでの」

「何ですねえ気の小さなこと言って……」

花火を作るには、火薬さえあればいいと漫然と思っていたら、実にさまざまな道具が要った。搗《つ》き臼《うす》、きね、木槌《きづち》、麻、銅《あか》、紙、刷毛《はけ》、糊《のり》、やっとこ、刺身庖丁《ぼうちょう》、櫛《くし》、果ては盥《たらい》から大俎板《おおまないた》まで。黒色火薬や硫黄、煙硝の必要なのは言う迄《まで》もない。

はじめは物珍しさもあって、土間へ次々運びこまれるそれら道具類に目を細め、

「いやだよ、薦《こも》包みの酒樽《さかだる》まであるじゃないか。酔わせる算段かえ」

白い頤《おとがい》を衿《えり》にうずめてク、ク……と含み笑った。これが世帯道具なら。そんな欲心

は、はじめから鉄火な気性でお由にはない。色気抜きの夫婦暮しときめたればこそ、一緒に住む度胸も彼女はついたのである。勘兵衛が又、悪《にく》らしいくらい爽快《そうかい》で、何事にも平然としている。それでいて実に男臭い。

一緒になって十日余りは、勘兵衛は用具一切が揃うと、仕事にはかからず居室にあてた八畳の間に引籠《ひきこも》って手習いを始めた。熱心に何度も何度も同じ『己《おのれ》』という字を書いた。それから『尚』と書き、『慕』と書いた。最後に『天』の字を書いた。「我はその天にあるところのものを慕わず、既に己にあるものを尚《たつと》ぶ」そんな意味だとお由には説明したが、本当は、『克己』の二字を大書したかったのかも分らない。勘兵衛とて木石ではない。お由は自分では気づかぬが、本来、容色艶冶《ようしょくえんや》な女性だった。あの芝居小屋の騒ぎだって、美女が裸になったから狂人も呆気《あっけ》にとられたのである。オカメがそうしたら寧《む》ろ怒気して斬り懸《き》ったにきまっている。湯島のお由の男勝りは、つまり彼女の美貌《びぼう》がしていたことだった。当人は気がつかぬから、ただ、行動が男まさりだと人は言ったに過ぎない。

三度の食事の世話を、彼女がする。それから針仕事をする。内職である。お由が物を縫うと聞いて、もの珍しさで註文が跡を絶たないから、結構忙しかった。勘兵衛は仕事場に籠り出した。

夜は枕《まくら》を並べて眠る。勘兵衛は、実に豪快な鼾《いびき》をかく。この時ばかりはお由は寝苦しくて困った。しかし夜を偕《とも》にするにつれて、鼾が聞えぬと逆に眠れなくなっていたから、心うちで女房になりきっていたわけだろう。

「由、おぬし忙しいか」

或《あ》る日、そろそろ汗ばむ肌の衿もとをくつろげてお裁縫に精を出していたら、仕事場から、稽古《けいこ》着《ぎ》に木綿袴《ばかま》の勘兵衛が来て、立った。

「何ですえ？」

篦《へら》をちょうど遣っていた時で、衿もとを合わせながら坐《すわ》り直ると、

「手《て》伝《つど》うてはもらえんか」

「わっちが？……お役に立つんですか」

「ム。いそぐ。今すぐじゃ」

勘兵衛は藤岡流の火術を修めたとかで、まだ下谷《したや》泰宗寺の床下に棲《す》んでいた頃、そっと様子を見にいったら、薦に腹這《はらば》って、古びた冊子と首っぴきで、釘《くぎ》やら、紙に包んだ犬の糞《くそ》の干したのを、熱心に検討していた。半ば呆《あき》れてその理由をただすと、鉄粉は花火の閃光剤《せんこうざい》となり、それも錆《さび》のよく着いたものが良い、犬糞は燐《りん》を採る為《ため》であると聞かされたことがある。大そう熱のこもった口調で、あたかも彼女がその道に通《つう》

暁《ぎょう》している風な口ぶりなのに、気持は嬉しかったが、内心、学問に弱い方で返答に困った。以来仕事のことは敬して遠ざかりたい懐《おも》いでいる。それが、手伝ってくれと言うのである。

「わっちに、ほんとに出来るんでござんすか？」

半ば疑い、畏怖《いふ》しながらも膝《ひざ》の反物を押しのけて起《た》ち上ると、お由は勘兵衛のあとについて仕事場に入った。

六

お由が当初考えたように、いや勘兵衛自身すら、漠然《ばくぜん》と見当をつけたほどに打揚げ花火の新種というのは、容易《たやす》く作れるものではなかった。

花火には種々さまざま成分が要る。硫黄ひとつにしても天然産出の「鷹《たか》の目」と称するものと常の硫黄とでは、出来上った花火の耀《かがや》き具合が違う。硝石、塩、硼酸《ほうさん》、炭、陶器の破片、松脂《まつやに》、みなそうである。

勘兵衛は藤岡流でも、火槍《ひやり》といって、夜間、地形の照明を兼ねた狼煙《ろうえん》が得意だったので、多少は他の火術師に比して打揚げ花火の製法に明るかった。それが併《しか》し結果的に新製法創案の妨げとなった。何よりも勘兵衛ら火術師は、町方職人の花火造りと異なり、音を好むからである。

　確かに花火は、バボーンと威勢よい音を発して空中に打ちあげられ、パッ、パチ、パチと散弾の炸裂《さくれつ》にも似た音を伴って光彩を夜空に散らすが、熟達した職人なら、目を閉じていて、その炸裂音だけでどの様な光芒《こうぼう》が夜空を彩《いろど》ったか、指摘して誤らない。いえば光と音とは、不可分の関係にあり、花火師はむしろ音無く五彩の光が闇夜《やみよ》の空に拡《ひろ》がるのを至芸とした。火術師は音を合図の目的で狼煙を打上げる。それと煙と。つまり火術師の主目的は音（白昼）であり、花火師のは光（夜）だった。その差が容易に勘兵衛には打破し得ない。

　もっとも、火術師たる真価を発揮し得るところも多々ある。何よりも怪我《けが》をせぬことである。

　花火事故——爆発——の理由は種々あるらしいが、職人どもの最も怖れるのは鶏冠石と塩剝《えんぽつ》を主成分とする『雷』——つまり音の扱いだったという。この塩剝が非常に危険な薬で、すぐ自爆する。その点勘兵衛は専門語で言う「いなす」ことに長《た》けていた。

　むろん爆発事故は『雷』の扱いの失敗ばかりに拠《よ》るとは限らない。配薬の不純物に基づくこともあり、日光による花火材料の変質が原因となることもある。それで材料は必ず光を遮蔽《しやへい》した屋内にしまうが、すると湿気で、薬剤が化学変化を起し自爆することになる。塩剝や硝石は、〇・五％以上の水分を含むと自然に分解するからだという。甚《はなはだ》しいのは、梅雨季の蒸暑い気候に糊のかびが原因で起った事故もあった。製法上の、技術的失敗で事故の起るのは言う迄もない。

『玉や』の場合がこれで、一度は塩剝と鶏冠石との混合を誤った。勘兵衛に言わすと、この二つを混合するには紙上で静かに其《そ》の四隅《よすみ》を交互に上下して混ぜるが、偶ゝ《たまたま》硬い何かが混薬に触れたため、微少な異物混合からも爆轟《ばくごう》を起した。今ひとつは、尺玉に導火線を挿《さ》し込む折の職人の失敗の為という。導火線は、張皮（包皮）の上から錐《きり》を玉に突きさし、孔《あな》をあけて挿入《そうにゅう》する。この錐の尖端《せんたん》が熱をもって玉の中にある火薬に引火したのである。件《くだん》の職人は当然ながら、まわりにいた両三名がこの爆発で即死した。新花火発明をいそいで、火薬配合に無理があった為であろうと勘兵衛は言う。

もっとも、町方職人では、製造途上での怪我は名誉と心得ぬ迄も、当然視し、指のふっ飛んだり片脚のない位でのうては、いい職人とは看做《みな》されない。『鍵屋《かぎや》』の熟練工某《なにがし》は、片眼《かため》がつぶれ、腋《わき》の下から背にかけて大火傷《おおやけど》の痕《あと》があって、手も不自由であったが、その精製した独蛟《どつこうに》二段発《だんはつ》は、他の追随をゆるさず、富商らの競って求めるところだったという。

――何にせよ、勘兵衛の手伝いが出来るならと、内心喜んで手助けにたずさわったが、『鍵屋』の商品に匹敵するのを造るのさえ、至難の業《わざ》であったわけだ。

勘兵衛は併《しか》し、いっこうに挫《くじ》けない。信ずるところあるものの如《ごと》く、じつに丹念に仕事をすすめる。勘兵衛の主旨の第一においたことは、怪我をせぬことである。驚くほどこの点は慎重で、用心深くもあって、いっそ頼もしい程だった。常に、言外にお由への劬《いたわ》りの感じ取れたのが更に嬉しい。

「よいか、この炭の粉はの、本来なれば樹齢十年のものを、必ず春に伐採し、三年乾燥させて焼いたのを最良といたすが、我らに左様の炭は入手いたしかねる。それで、あの『玉や』の焼跡にて採取しておいたものよ。桐簞笥《きりだんす》の焼け残りと思うがの」

一々由来を聞かしてくれる。

「これは樟脳《しょうのう》じゃ。高価な値で分けてくれおった。これは焰硝《えんしょう》に湿りを与え、花火の曳光《えいこう》を鮮明にいたす」

「この鉄粉は怕《こわ》いぞ。血を吸うた小束《こづか》じゃ。これで猫を刺し、錆びさせてからヤスリを掛けてある。鋼《はがね》がほしかったでの」

鋼の鑢屑《やすりくず》は花火が空中で炸裂したとき、光に尾を曳《ひ》かせるためで、同じ屑でも鋸《のこぎり》屑《くず》は火に赤味をつける、松脂、塩は黄色彩光剤である。そんな説明を、丹念に、何か自分自身へも言いきかせる風な口吻《こうふん》で、話してくれた。

つまり花火というものは、火薬への、これら彩光剤の微妙な配合によって、夜空にひろがる赤や青の閃光に変化を生ずるが、何をどう配合すればよりあざやかな光彩を放つかは、打揚げてみなければ分らない。

同じ鉄分の粉末にしても古釘、鍔《つば》、馬蹄《ばてい》、槍の穂先と、無数にある。そのどれを使うか、決定的な効果の現われる迄は、たとえば人を斬った刀を打砕き、鉄粉にしてみねばならぬ場合があるかも知れん、と勘兵衛は言う。新花火の発明とは、ひっきょう、人の使わぬ素材を発見する願《いい》なのである。

「試してはまだおらんが、人を斬るにせよ、正宗《まさむね》でか、妖刀村正《ようとうむらまさ》か、師光《もろみつ》かでその光は変るであろう。思えば、前途遼遠《りょうえん》じゃ」

いちど、こんなに迄苦心をして、何故《なぜ》花火をお造りになるのかとお由は尋ねたことがある。

「分らん」

勘兵衛はゆっくり、頭をふって、当初は旧主の御息女がいたわしゅうて思い立ったことであった、されば姫君に花火を献上する旨《むね》を誓いもしたが、今にして思えば、何か、美しいものへの憧《あこが》れが我がこころにある、それを花火に託して、夜空へ打揚げてみたいのではあるまいか、そんな気がする、と言った。浪人とても自分は主君を戴《いただ》いた身であるから、新花火の発明で、多少なりとも主家の財政に益したい願望がないではなかった。しかし考えてみれば、自分ごとき軽輩が藩政を云々《うんぬん》するとは思いあがった言いざまである。今は反省している。それでも猶《なお》、こうして造らずにおれないのは、結句、何ものか、美しさにあこがれさせる懐《おも》いが我が胸底に萌《きざ》しているとしか思えない、と言うのである。

「結構ですねえ……いいお話だわ……」

お由は、急に晴れやかになって、

「せいぜいその美しいものを、花火にして見せて下さいましな」

二年が過ぎた。

少しずつお由の身辺は、ここ尾上町《おのえちよう》に同居した当座とは模様が変ってきた。

先《ま》ず牛右衛門の死である。何をいっても彼女の後見として牛右衛門の貫禄《かんろく》は大きかった。町火消し総元締たるその存在が無くなって、急に、彼女への鳶《とび》の者らの風あたりがきつくなった。

あながちお由への軽視からではなく、むしろ、はがゆさを含んでいたのかも知れないが、嘗《かつ》てとうばんを預かった程のものが、大川端のうす穢《ぎた》ない工房に逼塞《ひつそく》して暮されたのでは、火消し一同の沽券《こけん》にかかわる、世間の目というものもある、あんな浪人者とは早く別れてくれ、さもなければいっそ江戸から姿をかくしてもらいてえ。そう談じ込んで来た。ろ組の身内の若い者だった。

無理からぬことで、火消しといえば髪結い床の若い衆さえ偉張っている。火事があれば、町奉行所の采配《さいはい》で髪床の者は、用意の火事装束、刺子《さしこ》の長半纏《ながばんてん》、角形の眼ばかり頭巾《ずきん》を常備するのを許されていて、梅床とか亀《かめ》床と、銘々に印のある提灯《ちょうちん》をかざし「駈付《かけつ》け、駈付け」と大声に叫びながら市中を疾走できた。この声を聞けば、どんな人もさッと道を開けて通す。勇み肌なものだった。

まして本職の鳶ともなればその威勢、羽振りのきくこと余人の比ではない。命がけの仕事だけに、火を消せば近所の商家からは弁当が届く、祝儀《しゅうぎ》は届く、酒は呑《の》み放題で随分と溜飲《りゅういん》の下がるものだ。いわば俠気《おとこぎ》で生きる世界である。その纏《とうばん》を預かったほどのお由が、零落して暮すのをお前さんがた見捨ててお置きなさるのかと、旦那衆《だんなしゅう》に詰《なじ》られては面目は立たぬのである。

次に、江戸っ子一般のお由を見る眼が変ってきた。はじめは好奇ともの珍しさで、賃仕事を依頼してくれた人たちも、言えばお由が名物女なればこそしたことである。湯島のお由ではなくなって、もの珍しさも失《う》せ、評判が消えればその裁ち物に何の魅力もない。世間とはそういうもので、そうなれば、何やら危険な火薬を弄《いじ》っている物騒な夫婦だと、近所の人までが白い眼で見る。火事でも出されては迷惑だ、立ち退いてもらってくれと町名主へ申し出る者までいる。

——お由は、そうした世間の風当りを持ち前の勝気で耐えぬいた。勘兵衛には知らさぬようにした。しかし、生計の道の途絶えはかくしようがない。一度は無心をきいてくれた身内の者達も、二度三度となれば顔をそむける。家作ごと『餞別《せんべつ》』した上総屋さんも同様である。

終《つい》に、多分は町名主の抗議に抗しかねたのであろう。家作を都合で取り毀《こわ》すことにしたから匆々《そうそう》に立ち退いて貰《もら》いたいと申し入れがあった。それを、お由は直接上総屋に出向いて、せめてもう一年と頼み込んだ。いつ花火が完成するか、思えば心もとないし、まるであてのない仕事である。しかし他に手だてはない。

「では一年限り」

そう約束して戻ったのが、尾上町に同居してちょうど二年目の五月だった。

勘兵衛は、うすうす様子は察していたろうが、その後も態度に変るところはなくて、一つ、二つ、ようやく試作の小さな玉を造っては、

「由《よし》、今夜あたり打揚げてみるぞ」

人の寝静まった時分、家作裏の空地にしつらえた大筒（大砲）を操作して、大川の夜空へ放つ。

「あかんな」

ぽつりと一言。

今までは、それでも出来具合を愉《たの》しむ気持があった。子供が夏の夜、縁さきで線香花火を焚《た》くように。この一風変った男、二年余枕を並べて眠って、肌を求めようともせぬ、豪爽《ごうそう》で思いやりがあって、実直な浪人者が、精魂こめて創《つく》り出そうとするものを、ただ夜空に仰ぐだけでお由は満足であったし、仕合せとさえ思った。

今はちがう。早く完成してほしいと祈る想《おも》いでお由は見上げるのである。

七

「うん、星の要領がチト分って参ったぞ」

そう言って勘兵衛が満足そうに、独語したのは秋も更《ふ》けてからであった。星とは空中に芯《しん》となる玉が開いて八方に飛散する赤、青、黄色の小さな玉で、これの光度が先ず一定でなければならない。それも例えば赤が消えて後に、緑がしばらくして現われるようでなければ味がない、と勘兵衛は言う。星の飛ぶ空間が広ければ広い程、豪奢《ごうしゃ》な花火なりとも言う。その消後の要領が分ってきたというのである。

「ようござんしたねえ……」

足もとに虫のすだく、川風の冷やかな大筒のわきで、お由は勘兵衛に寄添い、しみじみと言ったが、歓喜《よろこび》ある声ではなかった。勘兵衛はこの前は菊や柳を空に描こうとした。菊の輪《りん》に似せて星が先太りに、八方にひろがるのが菊で、しだれ柳の様《さま》に落下して曳光するのを柳と勘兵衛は名づけたいらしいが、試作品ながら、それの出来栄《できば》えを眺めたときお由は息をのんだ。夏の夜を賑《にぎ》わす『鍵屋』の打上げ花火とは、もう比較にならぬ精彩を見せてくれたからだった。

ところが勘兵衛は、一向に満足しない。十五倍はいるぞ、という。花火を打上げる大筒は、玉径の十二倍の筒の長さを必要とする、と職人たちは言っていた。筒の長さが長くなるほど、玉は高く飛ぶ道理だが、その為には星の炸裂に間《ま》をもたさねばならない。筒そのものの製法も変らねばならない。

大筒は、大砲の要領で元込めに爆薬を仕込み、これを点火して、玉を空中へ打ち出す。この大筒は樫《かし》の木製で、外から竹の輪を嵌《は》めて止めてある。打上げの際には、だから先ずこの筒（木砲）を水に浸し、内部を湿った布で拭《ふ》いて後に、筒先から玉を挿入して打上げる。試作品ならよいが、尺玉となれば当然に径を大きくしなければならない。玉径と筒の口径は同一でなくては飛ばない。尺玉が大きくなれば元込めの爆薬も増す道理で、それやこれやを考え併《あわ》せ、所期の効果を期すためには筒は改良せねばならぬ、そう勘兵衛は言うのである。

　それはその通りであろうが、それでは真物《ほんもの》は一体、いつ完成するのか。今の試作品とやらでも充分もう、公開すれば江戸の人々を称嘆させるに違いないのに、いったい、この人は本当は何を望んで花火を造っているんだろうと、お由は情無くもあり、心細くも思ってしまう。それは、美しいものへのあこがれを花火に託し、打揚げたいという気持は、人ごとながらに女の身が聞けば嬉《うれ》しい。しかしもう充分、よい出来栄えになっているのにと思うと、何か、勘兵衛の頑《かたく》なさ、その花火への執念がおぞましいものに思えて来て、彼は武士、所詮《しょせん》自分は町方に育った女——、そんなどう仕様もない隔絶感が、隙間風《すきまかぜ》のように心を横切《よぎ》るのである。

　勘兵衛は併《しか》し、平然たるものだった。

「だいぶ飯の菜がまずくなっておるのう」

「仕様ござんせん。わっちゃ、これでもう精一杯稼《かせ》いでいるつもりでございます」

「済まん。いこう苦労を相掛ける。ところでな、五朱ばかり、明日都合はつくまいかの」

こんにゃく玉と雁皮紙《がんぴし》がどうしても又必要だと言う。お由は思わず眸《ひとみ》をあげ、それから、肩を落して箸《はし》と茶碗《ちゃわん》を膝《ひざ》においた。少しは窶《やつ》れているかも知れないが、自分のことは分らない。鏡台なぞとっくに身辺にない。勘兵衛は、初めて逢《あ》った日のように今は鍾馗《しょうき》さながらの風貌《ふうぼう》になり、眼だけがいよいよ冴《さ》えて、優しさを湛《たた》えてお由を見るようになっている。こんな綺麗《きれい》な眼の男がいたばっかりに……。

お由は、

「明日中でいいんですか」

力なく無理な笑顔をつくって、縁の剝《は》げた勘兵衛の木椀《きまり》へ白湯《さゆ》を注《つ》いでやりながら、

「師走《しわす》ですねえもう……」

「さよう。この正月は、餅《もち》は喰《く》えんな」

お由の稼ぎというのはお手玉売りであった。越後屋《えちごや》、白木屋に泣きつくようにして反物の耳をとって置いて貰い、これを糸代りに、屑ぎれで大急ぎにお手玉を縫うと、これまた日本橋あたりの乾物問屋に頼んであった屑あずきを貰って来て、お手玉をこしらえて、売る。浅草寺境内などでの露天商いである。蓆《むしろ》の上に、こしらえて来た、お手玉を山成りにし、坐《すわ》り込んだ片膝つきで、自分で、お手玉を繰りながら「お手玉。お手玉」連呼すれば通行人が面白いほど集まって来た。そうだろう、湯島のお由が路

傍でお手玉を売っているからではない。裾前《すそまえ》の割れた立膝の奥に、チラチラ蟹《かに》の横這《よこば》いが覗《のぞ》けるからだ。涙の出るような行商である。勘兵衛は知らない。

五朱の調達は身を切られるつらさでお由は都合した。ろ組の頭《かしら》に借りたのである。この師走いっぱいで、自分は江戸から姿を消すと。口実である。ほんとうにそうするかどうか、気持はきまっていなかったが、ほかに方法がなかったので、帰ってありの儘《まま》をお由は勘兵衛に打明けた。おのずと相談する口調になっていたら、

「やむを得まい」

勘兵衛は少時、沈思ののちこう言ったのである。「おぬしと離れては暮せん。受取り証文を拙者が書こう。それを渡せば、よいであろう」

本気で思っているらしいのが、泣き笑いしたい程この男を、憎めなくさせてしまう。お由は、微苦笑で、

「かまやしませんのサ。なーに、その時はその時……」

この晩、勘兵衛は夜を徹して鼾《いびき》を掻《か》かなかった。お由のほうは行商の疲れで熟睡し、何も知らなかった。翌朝、ふらりと勘兵衛は外出し、程なく同じ姿で戻って来たが、刀架へ刀を置くときにしみじみと鞘《さや》を見ていた。武士の魂を勘兵衛はお由のために売ったのである。花火の為《ため》ではないのをお由自身は夢にも知らない。

竹光に代えてからは、ずいぶんとゆとりができたので、お由に、行商をしばらく休んで又手伝ってくれという。

「あきれたお人だこと……知らなかったわ」

乞食《こじき》の頃からそれは竹光だと思い込んでいたのである。お由は再び張り合いをおぼえた。刀を売ってくれたからではない。あのどん底の時だって、お由に辛労させながら平気で武士の魂はまもりぬいた、そのつよさに惹《ひ》かれたのである。生き甲斐《いがい》を感じた。こんなにまで、強い男の打込んでゆく花火なら、そうだ、とことん、わっちは面倒を見てみよう……。

家に再び夫婦仲の睦《むつ》まじさが戻った。正月の餅も祝えて松が明けた頃、そんな睦まじさと足並を合わせるように、勘兵衛の仕事ぶりは進展し、

「出来上ってみねば何とも言えんがの、どうやら新手の花火に、なりそうじゃ」

「ほんとうでござんすか?……嬉しい」

染込みというのだそうである。二つの星が、夜空でクルクルと旋回しながら赤、青ふたつの綾《あや》を画いて左右にはなれると、真中に、ふうわり仏像の背光に似た金の輪が浮び上る、そんな花火だと言う。勘兵衛がそう言う限り、今までにも必ずそれは実現した。お由は固唾《かたず》をのんだ。

「ねえお前さん、こんどのそれは、いつ頃打揚げられるんだえ？」

「あと一月《ひとつき》かな。……筒も直さいでは相成らんし……それぐらいは掛ろうナ」

「じゃ、こんどは、尺玉にしなさるの？　ほんと？」

「できてみなければ分らんが」

じれったいくらい勘兵衛は悠然としていた。あと一月といえば、しかし梅の咲く季節だ。上総屋への約束は果せる。お由は胸のはずむのを覚え、蕎麦粉《そばこ》で雲母《うんも》と雌黄を捏《こ》ねる勘兵衛の手許《てもと》にとび込んで、手をかしたい懐《おも》いであった。

　惨事はこの旬日後に起った。

　尺玉は予想より早く出来た。このときの勘兵衛の狂喜ぶりは、後々まで、目に見えるようだとお由は言う。凩《こがらし》の吹く寒い晩だった。二人は庭づたいに裏地を趨《はし》り、尺玉を大筒に装塡《そうてん》した。

　先ず風に飛ばされぬよう元込め火薬を筒先から下に落す。ついで、玉を、吊糸《つりいと》でそろそろ吊り下げながら塡《しず》めてゆく。この玉の装塡は二人で一本ずつ吊糸を持ってした。

　それから点火した。瞬間、ズドンと大筒が鳴って、煙と火の粉の飛散する中に玉は冲天《ちゅうてん》へ打上げられたが、筒の長さに無理があったのだろうか、

「あっ」

お由が悲鳴をあげた時既におそく、火薬の余燼《よじん》を顔面に浴び、彼女の両眼は盲《めし》いてしまった。

勘兵衛は知らない。

「やったぞ。……お由、見よ！　あ、あれを見よ。成功じゃ。成功じゃ」

無数の星の燦《きらめ》く寒夜に、星よりも明るく耀《かがや》かに、一度、ぱあーっと光彩は拡散して消え、再び、音もなくその消えた周囲に赤、黄、青、緑、四色の光の滴《したた》りが散る。大輪の菊が、更にその後に、幻のように天空を彩《いろど》ってパッと咲いた。

勘兵衛は滂沱《ぼうだ》と泪《なみだ》を流し、夜空を仰いでもう声も出ない。美しいものよ、武士の生命を賭《か》けるに足る女、由への憧憬《しょうけい》を今わしは咲かせたぞ、大空に咲かせたぞ。お由は蹲《うずくま》って手で顔を覆《おお》っていた。肩をふるわせて、怺《こら》えている。悲鳴をあげてはならぬと思っている石のような沈黙である。

ようやく勘兵衛は我に返り、こみ上げる喜悦と、お由への新たな感謝と自足の笑とで、ゆっくりと振り返った。そうして真相を知った。

「や。お由！　そのほうは今の花火を？」

＊

西沢勘兵衛が不世出の火術師となったのはこの日からという。愛妻お由は、目が見えない。盲いた妻のために彼は光芒《こうぼう》ではなく、音で、夜空へ大花火を映そうとした。彼は五年後に成功した。愛妻の肩を抱き、大川端に偕《とも》に佇《たたず》んで勘兵衛は人気のない夜更け、妻にこう囁《ささや》くのを常とした。

「今散ったのが牡丹《ぼたん》、そら、今は菊が開いておろう……聞えるかの？　あれはそなたの、真心が咲く音よ。……そなたの、昔の歔欷《すすりなき》が、ほら、今、咲いた。——聞えるか？」

下《げ》駄《た》屋おけい

宇江佐真理

宇江佐真理（うえざ・まり）
一九四九年、北海道・函館生れ。函館大谷女子短期大学卒。九五年『幻の声』でオール讀物新人賞を受賞。受賞作を含めた『幻の声　髪結い伊三次捕物余話』にて直木賞候補となる。二〇〇〇年、『深川恋物語』にて吉川英治文学新人賞、〇一年『余寒の雪』にて中山義秀文学賞を受賞した。主な著書に『夕映え』『深尾くれない』『恋いちもんめ』などがある。

一

仙台堀に架かる上ノ橋の傍まで来ると、木戸番小屋の「八里半」と書かれた赤い提《ちょう》灯《ちん》が眼についた。

「おさや、焼き芋買おうか？」

けいは後ろのおさやを振り返って訊《き》いた。清住《きよすみ》町に茶の湯の稽古《けいこ》に行った帰りだった。

「いやですよ。誰かに見られたら恥ずかしいですから」

女中のおさやはそう言った。

「あ、そう。お前は焼き芋は嫌いなんだね」

けいは躊躇《ちゅうちょ》した表情のおさやに構わず「おばさん、焼き芋おくれ」と威勢のよい声を上げた。

「まあ、お嬢さん、お越しなさいませ。よいお日和《ひより》でございますね。今日はどこかへお出かけだったんですか？」

木戸番の女房は愛想のよい笑顔でけいを迎えた。

「茶の湯のお稽古さ。お師匠さんが怖い人だから気を遣うんだよ。ここまで来たら小腹が空《す》いてね」

「まあまあそうですか。育ち盛りですからね。お腹《なか》が空くんですよ。わたしもお嬢さんぐらいの年頃はそうでしたよ」

木戸番は内職に店を出している所が多い。

ちょっとした小間物や子供の喜びそうな駄菓子、季節になれば西瓜《すいか》も切り売りしている。

焙烙《ほうろく》で焼く焼き芋も、木戸番の店ではお馴染《なじ》みの品物である。八里半は栗（九里）に近い味という謎掛《なぞか》けなのである。ついでに十三里と謳《うた》う店もある。こちらは栗よりうまいと傲《おご》っている。

「お芋は今日でお仕舞いなんですよ。秋まで辛抱して下さいね」

木戸番の女房は少し残念そうに言った。

「そうなの。そいじゃ食べ納めだね？　おさや、恥ずかしがっていると食べ損なうよ」

けいは、おさやをけしかける。

「さあさ、そちらのお嬢さんも、お店の中で召し上がれば恥ずかしいことはありませんよ。今、お茶をお淹《い》れ致しますから」

木戸番の女房もそう言った。お嬢さんと持ち上げられたおさやは、ようやくけいの後から店の中に入った。一本、百匁《もんめ》ほどの焼き芋は値にして六、七文だから女房子供のお八つにはうってつけである。けいとおさやは懐《ふところ》から手拭《てぬぐ》いを出し、熱い焼き芋を受け取り、代金を払うと人目のないのをいいことにむしゃぶりついた。

「おいしいね」

けいがおさやに言うと、おさやも嬉《うれ》しそうに相槌《あいづち》を打った。けいと同い年のおさやは、けいの外出に付き添うことが多い。帰りは二人で買い喰いするのが楽しみだった。焼き芋がおさやの好物なのを、けいは知っている。

初夏の深川は薄みずいろの空が拡《ひろ》がり、筆で刷《は》いたような雲が繋《か》かっている。川風が心地よく木戸番小屋にも入ってきた。その風には微《かす》かに潮の匂《にお》いがした。けいの住む佐賀町は水利の便がよいことから水辺際《ぎわ》にはお蔵が建ち並んでいる。いかにも江戸の表通りらしい景観である。

舟着場には毎日のように荷を積んだ舟がやって来て、人足が重そうな荷を担《かつ》いで舟着場とお蔵の間を行き来する。荷の中味は米、雑穀、果物、野菜、生糸、綿など様々で、町の活気を感じさせた。

けいの家は太物《ふともの》屋の「伊豆屋《いずや》」で、蔵持ちの店の一つに数えられる。主に木綿の反物を扱っていた。商家の奉公人のお仕着せは、この頃は木綿と決まっているので、得意先から定期的に何十反もの注文がある。また、旗本屋敷の御用も引き受けているので伊豆屋はなかなか繁昌《はんじょう》していた。

けいの父親の善兵衛は伊豆屋に小僧から奉公して、手代、番頭と出世した男である。一人娘のすずと祝言《しゅうげん》を挙げて伊豆屋の跡取りとなったのだ。

善兵衛は先代の期待を裏切ることなく商売に励み、身代は先代の頃よりひと回りも大きくなったと言われている。善兵衛が自ら越後《えちご》などの木綿の産地に赴き、より質のよい品物を安く仕入れることに成功したからだ。

善兵衛は商売熱心のあまり、けいと、その下の幸助《こうすけ》、さちの三人の子供達とは普通の父親らしく一緒に遊んでやることは少なかった。

「お嬢さん、その下駄《げた》、まだ履いていらっしゃるんですか？」

狭い座敷に腰掛けて焼き芋を頬張っていたおさやは、けいの足許《あしもと》に視線を落として訊いた。角を丸くしてあるけいの下駄は台を桐と奢《おご》っているが、もうずっと履き続けているのでくたびれても見える。

「履きやすいんだよ」

「でも、お茶の先生の所では、お嬢さんの下駄は少し見劣りしているように思いましたけど。ほら、お内儀《かみ》さんが買って下さった赤い鼻緒のついた塗り下駄をお履きなさいましな」

「あれは見た目はいいけれど履き難《にく》い下駄だよ。あんな下駄じゃ一町も歩けやしない」

「下駄は履きやすいのが一番でございますよ」

木戸番の女房もそんなことを言った。

「彦爺《ひこじ》いの下駄があたいは好きさ」

伊豆屋のはす向かいに店を構える「下駄清《げたせい》」には彦七という下駄職人がいた。けいは彦七の拵《こしら》える下駄を贔屓《ひいき》にしている。

佐賀町には蔵持ちの問屋が多いが、通りを挟んだ東側には小商いの店も軒を連ねていた。

搗《つ》き米《ごめ》屋、小間物屋、履物屋、蕎麦《そば》屋、菓子屋などである。町の人々が気軽に利用する店だ。けいの住む佐賀町は問屋と小商いの店が仲良く共存しているような町だった。店の構えに拘《かかわ》らず、問屋の主《あるじ》も小商いの店の主も親しく言葉を交わす。近所の付き合いを大事に考える人間が多い。

けいが不在がちの父親を持って、さほど寂しさを感じずに過ごせたのは、すずの愛情もさることながら近隣の人々がけいを親戚《しんせき》同様に可愛《かわい》がってくれたからだ。

下駄清の夫婦には娘がいないせいで、特に可愛がられていた。今でもけいが頻繁に出入りするのは下駄清が一番である。そういう理由からでもないが、けいは他の店の下駄を履く気にはなれなかった。

「お嬢さんは履物屋さんにお輿《こし》入《い》れなすったらいいんですよ」

おさやは焼き芋を食べ終えると、淹れて貰《もら》った茶を啜《すす》りながら言った。

「でも下駄清じゃなくて、もっと大きなお店ですよ」

おさやは念を押すように続けた。けいはむっと腹が立った。下駄清ではどうしていけないのかと。しかし、おさやの言うことはもっともだった。伊豆屋の長女として生まれたけいの嫁ぎ先は、伊豆屋と肩を並べる商家になるのだった。おさやは同い年でも、けいより、よほど大人びている。世の中の理屈も心得ているようなところがある。

そのおさやに言われて、けいは胸の中で少し落胆する思いも味わっていた。

「ごちそうさま。さあ行こう、おさや」

茶の入った湯呑《ゆのみ》を飲み干すと、けいはおさやを促した。

「また、お寄り下さいまし」

木戸番の女房の愛想に、けいはにッと笑って「あいよ」と応《こた》えた。

上ノ橋を渡る頃は黄昏《たそがれ》が迫っていた。おさやは途端に急ぎ足になった。道草を喰って刻《とき》が経《た》ったことに慌《あわ》てているのだ。

「先にお帰りよ。あたいは彦爺いの所に寄るから。おっ母さんにそう言っておくれ」

「でも……」

「心配しなくていいよ。お前は急ぐんだろ?」

「それじゃ、すぐにお戻り下さいね」

「ああ、わかったよ」

おさやが去って行くと、けいは橋の欄干から水の面を見つめた。真夏になれば今年も水母《くらげ》が見られるだろうかと、ふと思った。上げ潮に乗って水母が仙台堀に浮かんでいたのは去年のことだった。

茶の湯の師匠に、すずから頼まれた届け物をして、この上ノ橋に掛かった時、鼻緒が切れた。その時、おさやも伴についていなくて、けいは一人だった。彦七に文句を言ってやろうと、けいは鼻緒の切れた下駄を片手に持ち、歩き出した。

「何んだ、おけい。鼻緒が切れたのか?」

後ろから来た巳之吉《みのきち》に、その時、声を掛けられたのだ。

巳之吉は下駄清の長男で、けいより五つ上だった。父親の用事で外に出て、帰るところだったのだろう。風呂敷《ふろしき》包みを肩に担いでいた。

「これから店に行こうと思っていたところさ。あんちゃんにとんだところを見られちまった」

けいは笑いながら言ったが胸の動悸《どうき》を覚えた。

「店まではすぐだが、それじゃ不便だろ？　ちょいとすげ換えてやるぜ」

巳之吉は荷物を下ろすと風呂敷を解き、行李《こうり》の蓋《ふた》を開けて、中から麻紐《あさひも》を取り出した。

「用意がいいのは、さすがに下駄屋の息子だね」

「何言いやがる」

笑った巳之吉に八重歯が覗《のぞ》いた。

鼻緒をすげ換えた下駄に足を通した時、橋の上にいた子供達が騒ぎ出した。何事かと巳之吉と一緒に下を覗くと水母がぷかぷか浮いていた。

「水母だね？」

けいは巳之吉に言った。

「ああ、海にいるつもりで間違って大川に上って来たんだろう」

「刺されると痛いのだろう？」

「痛いより痺《しび》れるんだろうな。おれは刺されたことはねェが、魚屋がそんなことを言っていたぜ」

「でも、ぷかぷか浮いているところは、そんなふうに見えないね。呑気《のんき》なものだ」

白く透き通った水母は水に浸《つ》けた真綿のようだった。巳之吉は溜《た》め息《いき》をついた。

その溜め息がけいの首筋にかかった。

「おれも水母みてェなもんだな」

独り言のように巳之吉は呟《つぶや》いた。恐らく、あの時、巳之吉は、あてもなく漂う水母に自分の姿を重ね合わせていたのだろう。そんな巳之吉の心の中を、もちろん、けいは知らなかった。訝《いぶか》しそうに巳之吉の横顔を見ただけである。

二

間口二間の下駄清は入ったすぐから色とりどりの鼻緒が眼に飛び込む。庭下駄、駒《こま》下駄、日和《ひより》下駄、雪駄に釘木履《くぎぼくり》。雪の季節には箱下駄（雪下駄）も並んだ。店の構えに対し、品物の多いのが下駄清の特徴であった。

けいは色の賑《にぎ》わいのあるその店が好きだった。自分の店で扱う品物はおもしろくも何んともなかった。

品物を並べた奥に帳場があり、けいが入って行くと「おけいちゃん、いらっしゃい」と主の清吉《せいきち》が愛想のよい笑顔で迎えてくれる。

台所で仕事をしていた女房のおよしも顔を覗かせ「お茶のお稽古《けいこ》かえ？」と訳知り顔で訊《たず》ねた。

「うん。ちょいと気詰まりだったんで。息抜きさせておくれね、おばさん」

「下駄屋で息抜きかえ？」

およしは苦笑して中に引っ込んだ。けいはそのまま、土間口の衝立《ついたて》の陰で仕事をしている彦七の傍に行った。

彦七は口の利《き》けない男だった。海辺大工町で独り暮らしをしている。

彦七の年が幾つなのか、けいは、はっきりとは知らなかった。自分の父親や清吉よりよほど年寄りには思っている。髪には白いものが多く、皺《しわ》だらけの顔にぎょろりと動く眼と厚い唇、がっしりした鼻がある。日がな一日猪首《いくび》を俯《うつむ》けて、下駄を拵えている。

客の中には彦七を気味悪がる者もいた。しかし、腕には定評があり、深川どころか江戸からも、わざわざ下駄を誂《あつら》えに来る客もいる。

けいは彦七が好きだった。彦七の優しさを知っていたからだ。けいが彦七の前にある小座蒲団《こざぶとん》を敷いた床几《しょうぎ》に座ると、彦七の節くれ立った指は、けいの素足に自然に伸びて、鼻緒の状態を確かめてくれる。けいの柔らかい皮膚が鼻緒で擦れていないかと気遣うのだ。鼻緒が弛《ゆる》んでいれば足が下駄の上で遊ぶので、彦七はどんなに忙しい時でも手直ししてくれる。けいは、そうされることを今では当たり前のように思っていた。

けいは彦七の拵えた下駄を歯が磨《す》り減ってしまうまで履く。履き潰《つぶ》すのだ。けいは、彦七に職人冥利《みょうり》を感じさせてくれる極上の客であったのかも知れない。けれど、けいはそこまで考えていた訳ではない。履き易《やす》い下駄だから、そればかりを突っ掛けていただけなのだ。

「この下駄、くたびれていると、おさやに言われちまったよ。そろそろ新調した方がいいかえ?」

いつものように鼻緒の様子を見てもらった後に、けいは口を開いた。彦七は下駄をじっと眺めてから裏を返し、歯の減り具合を見た。それから傍らの襤褸布《ぼろぬの》で台と鼻緒を磨くと、まだ大丈夫だというように小さく首を振った。

「そうだよね。彦爺いも、そう思うだろう？　それなのにおさやったら……」

けいは子供の頃から彦七を前にして他愛ないお喋《しゃべ》りをよくしていた。

「彦爺い、土筆《つくし》が生えていたよ。ほら見てごらん。可愛いだろ？」

彦七は手を止めて、けいの小さな掌《てのひら》にのせられていた土筆に見入った。その顔が、もう春だなあと言っているように見えた。かと思えば、「お蔵の屋根にかもめがとまっていてさ、二羽なんだよ。あれはつがいだろうね。仲良く日向《ひなた》ぼっこしていたよ」とか、「利兵衛店《りへいだな》に大工の夫婦がいたろ？　もの凄《すご》い夫婦喧嘩《げんか》だったよ。亭主が、おかみさんの頰っぺたを張ってさ、可哀想《かわいそう》におかみさんの頰っぺたに手の形がついちまったよ」などと彦七に言った。

彦七はけいの口許《くちもと》を見つめ、時々、咳《せ》き込むような笑い声を立てた。そんな彦七の様子に清吉もおよしも不思議そうにしていた。

彦七は町内の子供達から恐れられていたからだ。彦七は人見知りが激しく、強情で融通の利かない面がある。彦七に見つめられて泣き出す子供もいた。彦七を恐れないのは、けいと巳之吉ぐらいのものだった。

けいは昔から、ものおじしない子供であった。人相や恰好《かっこう》だけで無闇《むやみ》に人を恐れることはない。けいが恐ろしかったのは、正月に門付《かどづ》けに訪れる獅子舞《ししま》いの獅子ぐらいのものだった。伊豆屋の娘として育ったので、やや驕慢《きょうまん》なところはあったが、おおらかな性格が、さほどそれを感じさせなかった。

「ねえ、彦爺い。あんちゃんから相変わらず連絡はないの？」

けいは声をひそめて訊《き》いた。彦七は帳場の清吉をちらりと振り返って首を振った。

それから人差し指を厚い唇に押し当てた。それ以上喋るな、ということだ。

巳之吉がお店《たな》の金を十五両も持ち出して行方をくらましたのは、昨年の暮のことだった。

清吉は頭に血を昇らせて勘当だと息巻いた。

善兵衛が出て行って、もう少し様子を見た方がいいと清吉を宥《なだ》めていたが、戻って来ると、「あの馬鹿《ばか》息子が！」と吐き捨てたのに、けいは肝が冷えた。人を見る目があると言われる善兵衛にそう言われては、巳之吉の立つ瀬がないように思われた。

仕方がないことと思いながら、けいは巳之吉のことを考えると自然に眼が濡《ぬ》れた。

巳之吉がいなくなって、けいは自分の気持ちが、はっきりとわかったような気がする。

巳之吉は清吉にもおよしにも似ていない涼し気な容貌《ようぼう》をしていた。近所で常磐津《ときわず》の師匠をしているお駒《こま》などは「みのちゃんは下駄屋を継ぐより、お役者になればいいのに」と言っていたのをけいは覚えている。

巳之吉は幼い頃、癇《かん》が強く、夜泣きで清吉とおよしを悩ませた。成長して十歳《とお》過ぎても寝小便のくせがあった。

下駄清の裏手は子供が遊ぶのには恰好の空き地になっていて、けいは近所の子供達とよく遊んだものだが、物干し竿《ざお》にはシミのついた蒲団が干されていることが多かった。

叱《しか》られた巳之吉が泣いたような眼をしていたのも、けいは子供心に気の毒に思え、他の子供達のように囃《はや》して苛《いじ》める気にはなれなかった。それが巳之吉に対する恋心の芽生えだったのかも知れない。

寝小便のことを除けば巳之吉は、竹馬にせよ、お手玉にせよ、独楽《こま》廻し、凧揚《たこあ》げ、何んでもずば抜けてうまかった。手習いや算盤《そろばん》の稽古に通っても、すぐに頭角を現した。

一時期、剣道《やっとう》の道場にも通ったことがあるが、武家の息子を叩《たた》きのめしてから清吉にやめさせられている。そんな巳之吉だったから十五歳ほどになった時は、町内の娘達から憧《あこが》れの眼で見られるようになっていた。

騒がれて脂下《やにさ》がっている様子の巳之吉を見ると、けいは、なにさ、寝小便たれだったくせに、と心の中で毒づいていた。付け文の山を袂《たもと》から出して得意そうにけいに見せる巳之吉は、けいの気持ちを少しも察している様子はなかった。

巳之吉の悪い噂《うわさ》を耳にするようになったのは昨年の夏からだった。ちょうど切れた鼻緒をすげ換えてくれた頃だ。

遊びを覚え始めた巳之吉は店が閉まると友達と連れ立って佃《つくだ》町辺りに出かける。佃町は永代通りの裏手にある町で、そこはアヒルやウミなどと隠語で呼ばれる切見世が多い。

アヒルは昔、網干し場だったことから、網を干《ひ》る、が縮まってアヒルとなったのだ。網干し場は海に近いということからウミとも呼ぶのだろう。

切見世はチョンの間、幾らで遊ばせる最下級の遊女屋である。年頃の男なら一度は通る道と、誰もあえて目くじら立てるものでもないが、巳之吉の場合、付き合う友達が悪かったせいか度が過ぎていた。翌日のことも考えずに遊び廻るので次第に仕事にも障《さわ》りが出るようになったのだ。

かつて寝小便の小言を言っていた清吉とおよしは、今度は巳之吉の遊びのことで頭を悩ませなければならなかった。

けいは深夜に巳之吉と清吉が争う声を何度も聞いた。そんな時、けいの胸の動悸は激しくなった。二人が一刻も早く鎮《しず》まるように蒲団の中で両手を合わせて祈っていた。もちろん、けいも巳之吉と顔を合わせれば小言の一つも言った。

「駄目じゃないか。おじさんとおばさんを心配させちゃ」

巳之吉の人相はそれと感じるほどに悪くなっていた。頬はこけ、何やら険のようなものも表れている。

「うるせェ」

巳之吉はけいにそう言って道端にペッと唾《つば》を吐いた。

「ふん、今に鼻欠けになるさ」

けいは憎々し気に口を返した。病持ちの女を相手にすると仕舞いには鼻が腐れ落ちるという話を店の手代や番頭がしているのを覚えていた。

「へえ、おけい。物知りだの。いってエ、どうすれば鼻欠けになるのか、お前《め》ェは知っているのかい？」

「………」

ぐっとけいは詰まった。巳之吉の口調は小意地が悪かった。

「あのな、餓鬼がどこから生まれるかも知らねェおちゃっぴいが、利いたふうな口を叩くんじゃねェよ。女房になる訳でもあるまいし……」

巳之吉が腹立ちまぎれに言った言葉に、けいは思わずぽろりと涙をこぼした。その涙を見て巳之吉はうろたえた。

「な、何も泣くこたァねェ。何んだよ、全く……」

あの時の涙の訳を巳之吉は恐らくわかっていないのだ。ずっと巳之吉だけを見つめ続けていた自分のことなど。

巳之吉だけでなく、誰もけいが巳之吉に思いを寄せていることなど知らない。たとえ、それを知る者がいたとしても、面と向かって巳之吉の嫁になれとは誰も勧めないだろう。すずが縁談の話をする時、似合いの商家の息子達が何人か挙げられたが、その中には当然、巳之吉の名はなかった。

彦七の傍に座って通りを向けば、伊豆屋の日除《ひよ》け幕が嫌やでも眼に入った。荷を積んだ大八車が店先に停まり、手代、番頭が忙しそうに店を出たり、入ったり。その光景を不思議なことのようにけいは眺めることがある。その構図で自分の店を眺めることの意味を、けいは持て余す。

いや、それよりも胸の内を巳之吉に打ち明けられずに他家に嫁ぐだろう自分が悲しかった。せめてひと言「あんちゃん、あたい、あんちゃんが好きだった」と言えたら、気持ちはどんなに救われることだろう。行方知れずになった巳之吉には、それを伝える術《すべ》もなかった。

伊豆屋の手代の政吉と女中のおまさが相惚《あいぼ》れになって、春に祝言《しゅうげん》を挙げた。子供ができるまで、おまさは通いになって今まで通り伊豆屋で働いている。二人は近所の裏店に所帯を構え、毎朝いそいそと通って来る。けいはそんな二人の幸福が羨《うらや》ましくてならなかった。

「お前はいいねえ。好きな人と一緒になれて……」

「お嬢さん、何をおっしゃいます。何不自由のない所にお生まれになって。お嬢さんほど恵まれた方はいませんよ」とおまさは心底驚いたように声を上げた。

　何不自由のない暮らしが本当に倖《しあわ》せだろうか。

けいは訝《いぶか》しむ。

「彦爺《じ》い、思う人と思う通りに生きられたら、これ以上のことはないのにねえ」

けいはいつものように彦七に独り言のように呟《つぶや》いた。彦七は物思いに耽《ふけ》っているようなけいを表情のない眼で眺めていた。

三

佐賀町は大川の傍にあるので朝夕は涼しい風も通るが、その夏の暑さは格別、けいにはこたえた。あてもなく巳之吉の姿を捜して深川の町を歩き廻ったせいだろう。下駄《げた》の下で貝殻混じりの深川の土がしゃりしゃりと音を立てた。その音が床に就《つ》いてからも、けいの耳に残る。

巳之吉はずっと遠くに行って、この深川には戻って来ないのかも知れなかった。次男の勇吉は呉服屋に住み込みで奉公に上がっている。巳之吉がいなくなっても清吉は呼び戻す様子がない。すると下駄清は清吉の代で終わりになるのだろうか。そうしたら自分はもう、下駄清の下駄は履けなくなる。おろし立ての頃から、けいの足に吸いつくように馴染《なじ》む下駄が。それが悔しい。

けいの胸の中で、巳之吉に対する思慕と下駄に寄せる執着が微妙に一つになっていた。

けいに持ち込まれる縁談は日増しに多くなった。いつまでも子供のように、いやだいやだ、では済まされなくなった。年が明けたらけいは十八。適齢期ぎりぎりの年になる。それを過ぎると潮が引くように縁談は少なくなり、相手方の条件も悪くなる。娘盛りの内にと、善兵衛とすずが心配するのは当たり前のことなのだ。妹のさちは十四になる。けいを片付けたら、すぐにさちの心配もしなければならない。

けいはとうとう、その年の秋、浅草の履物問屋から持ち込まれた縁談を承知した。履物問屋という相手方の商売に心が動いたに過ぎなかった。

料理茶屋で相手方と顔合わせをしたが、けいの気持ちは少しも浮き立たなかった。どこか虚《うつ》ろな気持ちのままだった。善兵衛とすずは、そんなけいを嫁入り前の娘の感傷と捉《とら》えていたようだ。

下駄清には、さすがに足が遠退《とおの》いた。彦七を裏切るような気持ちにもなったからだ。だが、ある日、踵《かかと》が土に汚れていたので下駄を裏返すと、ずい分と歯が減っていた。女中のおさやにくたびれていると指摘されてからもしばらく経《た》つ。さすがに自分もくたびれが気になった。

祝言の相手先の店に出向くことも考えたが気後れがする。まだそこまで気軽な口は利《き》けなかった。けいは思い切って下駄清の暖簾《のれん》をくぐった。

「おけいちゃん、しばらく見なかったねえ。どうしていたのだい？」

清吉は満面に笑みを溢《あふ》れさせてけいを迎えた。

「色々、野暮用があってさ。あたいも忙しかったんだよ」

「何が野暮用だよ。祝言が纏《まと》まったそうじゃないか。よかった、よかった。おじさんも嬉《うれ》しいよ」

「履物問屋なんだよ」

けいは清吉を上目遣いで見ながら言った。

「甲子屋《きねや》さんだろ？　知ってるともさ」

「甲子屋」はけいの嫁ぎ先になる店の名だった。

「あたいが履物屋さんにお嫁に行くの、おじさんはいやじゃないのかぇ？」

「何を言ってるんだ。いやな訳がないじゃないか。父っつぁんも喜んでいるよ」

清吉は彦七を振り返って言った。彦七もけいに照れたような笑顔を向けている。

あまり手放しで喜ぶ清吉にけいは気が抜けた。だから、少し皮肉を込めて巳之吉への思いを口にできたのかも知れない。

「おじさん。あたい、本当はあんちゃんのお嫁さんになりたかったんだよ。それなのにあんちゃんはどこかに行っちまった。待っていたかったけど、お父っつぁんもおっ母さんも嫁に行けと、やいのやいの言うからさ、仕方なく決めちまった……履物屋だから、まあいいかって気持ちでさ」

けいがそう言うと、清吉は、さっと笑顔を消した。

「おけいちゃん、本当におけいちゃんは、うちの巳之のことをそんなふうに思っていてくれたのかい？」

真顔で訊《き》く。

「そうだよ。あたい、ずっとずっと昔からあんちゃんのことしか考えていなかった」

「……」

「でも、もうしょうがないよ。もっとも、あたいがあんちゃんに岡惚れしていることは、当のあんちゃんは知らないけどね」

「気がつかなかった。いや、気がついたとしても、おけいちゃん。伊豆屋のお嬢さんが下駄清に輿入《こしい》れするのはできない相談なんだよ。これでよかったんだ。あんなぐうたらな巳之のことなんざ、きっぱりと忘れた方がおけいちゃんのためだよ」

そう言いながら清吉は声を震わせている。およしも内所《ないしょ》から出て来て「おけいちゃん……」と涙ぐんだ。およしの涙を見て、けいは胸が詰まって自分も泣きたくなった。

しかし、声を励まして「わかっているよ。だからさ、あたいはもう下駄清の下駄は履けないってことなんだよ」と言った。

「そりゃそうだ。おけいちゃんは履物問屋のお内儀《かみ》さんになるんだ。よその店の下駄なんざ履いちゃいけないよ」

「最後だからもう一度、下駄清の下駄を履きたいんだ。いい？」

けいが言うと、およしは堪《た》まらず前垂れで顔を覆《おお》った。

清吉は洟《はな》を啜《すす》るとけいの手を摑《つか》み「さあ、おけいちゃん、どの下駄がいいんだい？好きなのを選んでおくれ。おじさんからのせめてもの祝儀だ。どれがいいんだい？」と、店の品物をけいに選ばせようとした。

「おじさん、甘えていいかな。彦爺いに台から造って貰《もら》いたい。よそゆきのじゃないの。普段履く下駄がほしいの」

「そ、そうかい。そういうことなら父っつぁん、おけいちゃんに極上の下駄を拵《こしら》えてやっておくれ」

清吉は店の隅にいる彦七に大声で言った。

彦七も俯《うつむ》いて眼を拭《ぬぐ》っていた。そのまま、うんうんと肯《うなず》いている。けいは彦七の傍に行ってその顔を覗《のぞ》き込むようにして口を開いた。

「彦爺い、台は桐を奢《おご》っておくれ。桐の板目で頼むよ。差歯《さし》は樫《かし》にして。堅いから減り難《にく》いだろ？　型は丸でいいけれど柄《ほぞ》は陰卯《いんぼう》にしておくれよ。台に柄が出ない方が恰《かっ》好《こう》がいいからさ。少し、手間だけれどね。鼻緒は……そうだねえ、赤葡萄色《あかぶどういろ》のびろうどがいい。芯《しん》はあまり入れ過ぎないでね。眼の位置はいつも通りでいいよ」

すらすら注文をつけるけいに清吉は心底、驚いた顔をした。

「眼」は鼻緒を通す三つの穴で、これぐらいなら誰でも知っているが、下駄の歯の柄が台の表面に出ているものを露卯《ろぼう》、隠れているものを陰卯と区別されていることを知っている者は少ない。

けいは下駄清に出入りする内に履物に関する専門知識を自然に身につけ、履物については、いっぱしの「通《つう》」になっていた。そのことが清吉を驚かせたのかも知れない。

「おけいちゃん、あんたは立派に甲子屋のお内儀さんが務まるよ。何んの心配もいらない。大したものだ」

「おじさんったら……あたいはべ、べ、や簪《かんざし》よりも下駄が好きなだけさ」

けいの重苦しい気持ちは少し晴れていた。

そうだ、これだ。自分は落ち込んだら下駄を新調したらいいのだと思う。気に入った下駄を履いていれば、他にほしい物はないような気がする。嫁ぎ先は履物問屋だ。我儘《わがまま》は通るだろう。

彦七へ下駄を注文したことは、けいの幸福への祈りでもあったろうか。

四

注文した下駄はなかなかでき上がらなかった。彦七が特別気を入れて仕事をしているのだとは思ったが、それにしても遅かった。二十日もあれば彦七の腕なら充分でき上がっているはずだった。痺《しび》れを切らしたけいは下駄清に行って彦七に催促した。

彦七は躊躇《ためら》うような表情をして傍らの渋紙に包まれた物を顎《あご》でしゃくった。

「何んだ、できてるじゃないか。待っているのがわかっているんだから早く言ってくれたらいいのに」

けいはいそいそと紙を開いた。びろうどの鼻緒をつけた真新しい下駄は眼に眩《まぶ》しいほどだった。だが、足の指を入れてけいは顔をしかめた。

「彦爺い、腕が落ちたのかえ？　だいたい、鼻緒は芯の入れ過ぎだよ。花魁《おいらん》の道中でもあるまいし。これじゃ、もたもたして気色が悪いよ。眼の位置もいつもと違うし……悪いけどやり直しておくれ」

傲慢《ごうまん》とも思えるけいの物言いに彦七は素直に肯いていた。自分の仕事に絶対の自信がある彦七にしては珍しい引き下がり方だった。

清吉は帳場で二人のやり取りをはらはらした様子で眺めていた。

五日後、手直しされた下駄は差歯のがたつきが気になった。歯を削る鉋《かんな》が微妙に左右で違っていたからだ。けいがそれを言うより先に彦七の方が気がついたらしく、すぐに下駄を引っ込めてしまった。

「彦爺い、具合が悪いのかえ？」

けいは彦七の額に手を当て熱でもあるのかと心配した。彦七はうるさそうにけいの手を払った。

三度目は意地になったのか前壺《まえつぼ》（下駄の上部の穴を特にそう呼ぶ）に掛かる鼻緒のきれがきつく絞り上げられていた。けいは大袈裟《おおげさ》に顔をしかめた。彦七はそれを見て噴き出すように笑って、また下駄を引っ込めた。

四度目はどこと言って欠点はなかったが、妙に足に馴染《なじ》まない気がした。変だなあと彦七の前で何度も踏み締めたり回ったりしてみた。それもそのはず、台の寸法が間違っていたのだ。彦七はチッと舌打ちをした。

そうして手直しすること五度目でようやくけいに満足の表情が表れた。

「これこれ。彦爺いの下駄はこうでなくっちゃ……」

けいは感歎《かんたん》の声を上げた。清吉はほっとしたように「よかったね、おけいちゃん。おけいちゃんに喜んでもらえなきゃ、おじさんがせっかく祝儀《しゅうぎ》を出した甲斐《かい》がないよ」と言った。

「ありがと、おじさん。あたい、この下駄、ちょいと皆《み》んなに見せてくる」

けいはでき上がった下駄をいそいそと母親や近所の人達に披露した。

「さすが彦七っつぁんの下駄はいい」

誰もがけいの下駄を持ち上げた。

「その下駄を履いていたら甲子屋さんが悋気《りんき》を起こさないかねえ」と妙な心配をする者もいた。

ひと渡り、近所の人間に下駄を見せたけいは、下駄清に戻って改めて清吉と彦七に礼を言った。清吉はなになに、と片手を振った。

彦七は時分になったので帰り仕度を始めていた。前垂れを外し、後片付けを済ますと清吉に頭を下げて店を出た。

「彦爺い、ありがとね」と、けいが言っても素知らぬ振りをしている。気になって、けいは彦七の後を追い掛けた。

「彦爺い、彦爺いったら」

けいの呼び掛けに応《こた》えることもなく、彦七はけいの前をたったと歩いて行く。存外に足取りは達者だった。けいが後ろをついているのを知っているのかどうかわからない。一度も振り向かなかった。彦七は仙台堀に架かる上ノ橋を渡った。返事をしないつもりなら彦七の塒《ねぐら》までついて行こうとけいは思った。

松平陸奥守《むつのかみ》の蔵屋敷を過ぎると清住町だった。町家の庭先に丹精した鉢植えの菊が美しかった。祝言の日に菊の花はまだ見られるだろうかと、けいはぼんやり思った。

祝言は十一月の大安吉日だった。一度会ったきりの甲子屋佐吉はけいより十も年上の二十七。分別臭い顔をした色黒の男だった。好きも嫌いもない。けいの心を浮き立たせるような男ではなかった。

彦七は小名木川に架かる万年橋の手前を右に折れた。そこは海辺大工町で彦七の住む裏店があるのだ。

裏店の門口《かどぐち》をくぐると厠《かわや》の臭《にお》いと溝《どぶ》の臭いがけいの鼻をついた。そこにはずっと以前、巳之吉と一度、一緒に来たことがある。清吉の言付けを伝える巳之吉に勝手について行ったのだ。あの時は彦七に豆大福を振る舞われたことをけいは思い出していた。

「彦爺《じ》い、怒らないで。怒っているんだろ？　生意気に何度も手直しさせたから。ねえ、彦爺い」

彦七が丸に「彦」の字を乱暴に書き殴った油障子を開けた時、中から「お帰りなさい」と若い男の声がした。けいはぎょっとなった。ついで「誰か来たのかい？」と白い顔が覗いた。

「あんちゃん！」

けいは胃の腑《ふ》が口から飛び出そうなほど驚いた。

「何んだ、おけいか」

驚くけいに対し、巳之吉は呆《あき》れるほど呑気《のんき》な口調でふっと笑った。

「こう、入《へ》ェんな。そこに突っ立っていてもしょうがないぜ」

けいは恐る恐る土間に足を踏み入れた。六畳一間に小さな台所がついただけの住まいである。土間の隅に無理に拵えた仕事場があり、綿のはみ出た座蒲団《ざぶとん》の周りに下駄《げた》の台や鼻緒、鑿《のみ》、鉋が散らかしたように置いてあった。

「あんちゃんは彦爺いの所にいたのか……」

「ああ、他に行く所がなくてな」

「下駄清は敷居が高くって戻れないって訳だ」

「言い難いことを言いやがる」

巳之吉は口の端を歪《ゆが》めて皮肉な笑みを洩《も》らしたが、ふと、けいの足許《あしもと》に視線を落として、「注文のやかましい客っていうのはおけいだったのか……」と言った。

「この下駄は、それじゃ……」

「おれだ」

けいはそれで合点がいった。彦七の腕ならあれほど手直しをする必要はなかったはずだ。

けいは胸が詰まって泣きたくなった。そうと知っていたら、たとえ鼻緒擦れが起ころうが、平衡を失ってすっ転《ころ》ぼうが構わなかった。けいは手直しを何度も命じた自分の傲慢さを恥じていた。

「ごめんね、あんちゃん。あたい生意気で」

「謝るこたァねェよ。彦爺いは、この下駄に客の文句が出なくなったら、おれの腕も一人前だと言ってくれたからよ。おれも必死で拵えたものよ。その客がおけいとは、お釈迦様《しやかさま》でもご存知あるめェってもんだ。お蔭《かげ》でおれは下駄ってものがどんなもんか、少しだけわかった気がするぜ。おれァ、下駄屋の息子だ。下駄を造れねェじゃ、話にならめェよ」

彦七は狭い座敷に上がり、巳之吉の話を聞きながらゆっくりと煙管《きせる》をふかしていた。その顔は穏やかに見える。

「でも、あんちゃんのことだから癪《しやく》を起こしただろ?」

「ああ、何度もな。彦爺いは笑って見ていたぜ。いい薬になった」

巳之吉は吐息混じりにそう言うと、腰を屈《かが》め、いつも彦七がしていたようにけいの足の指に手の指を差し入れて、鼻緒の具合を確かめた。巳之吉の温かい指が触れた途端、全身に痺れが走った気がした。

「おれの拵えた下駄を履いて、おけいは嫁に行くんだな? 甲子屋は大店《おおだな》だ。倖《しあわ》せになれるぜ」

巳之吉はけいの眼を深々と覗き込んで言った。あたいはこの眼を待っていた。こんなふうに巳之吉に見つめられることを焦《こ》がれていたとけいは思った。不意にけいの口から思わぬ言葉が迸《ほとばし》った。

「いやだ、あたいいやだ。甲子屋なんかに嫁《い》きたくない！」

「馬鹿《ばか》言っちゃいけねェ。しっかりしろ、おけい！」

巳之吉は慌《あわ》てて興奮を静めるようにけいの両肩を強い力で摑んだ。

カン、と火鉢の縁で彦七が煙管の雁首《がんくび》を叩《たた》く音がした。彦七はすっと立ち上がると、何も見ていないという表情で表に出て行った。

「彦爺い、どこへ行くの？」

けいの呼び掛けにも彦七は振り向かなかった。

「彦爺いの奴《やつ》、妙な気を回してよ」

巳之吉は鼻を鳴らした。二人だけになったことは今までなかった。さすがに巳之吉も間が持てない様子で、座敷に上がり、茶を淹《い》れ始めた。

「彦爺いに聞いたことなんだが、お前《め》ェ、おれの女房になりたかったんだって？」

巳之吉は土間につっ立ったままのけいに上目遣いになって訊《き》いた。けいは返事をしなかった。あまりにあっさりと巳之吉が訊いたせいだ。やはり巳之吉は自分のことなど眼中になかったのだ。

だが巳之吉は、けいの胸の内をすべて承知しているかのように「お前ェの気持ちはありがてェけどよ。今のおれァ、甲子屋の話を蹴飛《けと》ばして、おれがとこへ来いとはとても言えねェ。そいつはお前ェもよくわかっていることだ。それでなくても伊豆屋と下駄清じゃ、できねェ相談よ」と言った。

けいは唇を嚙《か》み締めて巳之吉の話を聞いていた。

「飲みねェ、落ち着くぜ」

巳之吉は茶の入った湯呑《ゆのみ》を差し出した。けいは上がり框《かまち》に腰掛けて湯呑を受け取った。色も香りもない安茶だったが、興奮したけいの喉《のど》を潤《うるお》す役目は果たしてくれた。

「お前ェは昔っからおれのことを心配してくれた。身内みてェにおれも思っていたさ。だけどよ、おれも分別がついてくると、伊豆屋と手前ェの店の格の違いは、いやでもわかるようになった。お前ェの親父《おやじ》やお袋がうちの店を贔屓《ひいき》にしていたのは、つまりは近所のよしみってもんだ。うちの店をまともに相手にしていた訳じゃねェ。まして、おれをおけいの祝言の相手としてなんざ、間違っても考えねェ。それぐらい、おれはわかっていたぜ。いや……こいつは理屈だ。おけい、おれは正直、お前ェを女として見たことはねェのよ。あんまり身近にいたせいかな」

「……」

「だけど、嫁に行くと知らされて、何んだか腹が立った。よくわからねェけど腹が立ってな……」

「あんちゃん」

「すると今までさほど気にも留めていなかったおけいが、やたら極上の女に見えてきたもんよ。勝手だと思うだろうが」

「好きな女《ひと》がいたんだろ？」

けいはずばりと訊いた。

「その女とうまくいかなかったの？」

「おけい、おれは騙《だま》されていたのよ。真実おれに惚《ほ》れていると見せて、実は後ろに亭主がいたんだ。全く、手前ェの馬鹿さ加減にゃ愛想が尽きるぜ」

巳之吉は観念して応えた。

「じゃあ、その女とは切れたんだね？」

「ああ」

「これから真面目《まじめ》になるんだね？」

「始まったぜ、お説教が」

「あんちゃん、あたい訊いているんだよ」

「あ、ああ……」

「下駄清を継ぐんだね？」

「親父が許してくれたらな。だが当分は無理だろう」

「あたいが……あたいがあんちゃんのお嫁さんになると言えば一発でおじさんは許してくれるよ」

けいは思い切って言った。言ってから胸の動悸《どうき》が高くなった。

「おけい、そいつはできねェ相談だ。伊豆屋の旦那《だんな》が承知しねェ」

「あたいの正直な気持ちだ。あたいは今まで自分にも人にも嘘《うそ》を言ったことがないよ。あんちゃんが覚悟を決めてくれるのなら、あたいはお父っつぁんだろうが閻魔様《えんまさま》だろうが堂々と自分の気持ちは言える」

「おれに……そんな意地があるかな」

巳之吉は遠くを見るような目付きで呟《つぶや》いた。

「お父っつぁんが怖い？」

恐る恐る訊《たず》ねたけいに、巳之吉はそういう問題ではないだろうというようにふっと笑った。

「祝言《しゅうげん》を御破算にするのがどれほど大変なことか、お前ェ、わかっているのか？」

「わかっているよ。あたいの部屋を覗《のぞ》いてごらんな。箪笥《たんす》、長持ち、挟み箱、びいどろの鏡台、皆、油単《ゆたん》を掛けて祝言の日を待っているよ。衣桁《いこう》には鶴《つる》の縫い取りのある花嫁衣裳《いしょう》まで掛かっている」

「おけい、それなら尚更《なおさら》、このままおとなしく甲子屋に行くんだ。それがいっち丸く収まる方法よ。謀叛《むほん》を起こしてお前ェを不倖せにはできねェ」

「何んで？　どうしてあたいがあんちゃんのお嫁さんになったら不倖せになるの？」

「だから、店の格の違いだと何度も言っているじゃねェか」

「祝言が決まって腹が立ったなんて嘘だろ？　あんちゃんはあたいが他の男と枕《まくら》を並べて寝ようが平気なんだ。はっきり言っておくれよ、おけいなんざ嫌いだと。そしたら諦《あきら》めがつくからさ」

「おけい……」

「ここで下手な下駄を拵《こしら》えているのが性分に合いますと言いなよ。そしたらあたいはすっきりするよ。意気地なしに用はないからね」

「……」

「わかったよ。もう頼まないよ。あんちゃん、おさらばえ、だ」

けいは捨て台詞《ぜりふ》を吐くと、すっと立ち上がり、油障子に手を掛けた。建て付けの悪いそれは、けいの勢いに比べ呆れるほど調子が悪かった。巳之吉が裸足《はだし》のまま土間に下りて来てけいの手首を摑《つか》んだ。けいの小柄な身体《からだ》はそのまますっと巳之吉の胸の中に包み込まれていた。

煙抜きの窓の外はすっかりたそがれていた。

小名木川のせせらぎが心なしか高く聞こえた。巳之吉の体温と、少し青臭いような身体の匂《にお》いがけいをうっとりとさせていた。色事は何も知らないけいだったが、巳之吉にならば何をされても構わないと思った。

「本当におれでいいのか？」

巳之吉のくぐもったような声が頭の上で聞こえた。けいは返事をする代わり、しがみついた腕に力を込めた。

「後で悔やんでも知らないぜ」

「悔やむものか！」

けいは気丈に言ってきつく眼を瞑《つぶ》った。

五

「甲子屋さんの話を断わって下さい」

巳之吉と一緒に伊豆屋に戻ったけいは善兵衛とすずに言った。客間に入って両親と巳之吉との四人だけになってからのことだった。

帰りが遅いので伊豆屋ではけいの行方を捜していた様子だった。ようやく戻って来たけいにほっと安心したすずだったが、隣りに立っている巳之吉に気づくと眼を剝《む》いた。

彦七は塒《ねぐら》になかなか戻って来なかった。性急にけいを求めようとする巳之吉に、けいはお父っつぁんの許しを得たら出合茶屋に行こうと、大胆なことを言って巳之吉を宥《なだ》めた。そういう分別がけいにはあった。それでも強く吸われた唇の感触は伊豆屋に戻ってからも消えていなかった。両親を前にして僅《わず》かに気後れも覚えている。だが、ここで怯《ひる》んではいけないと気持ちを奮い立たせてけいは口を開いたのだ。

善兵衛は腕組みをしたまま眼を瞑り、しばらく返事をしなかった。反対にすずは逆上して、けいの隣りに俯《うつむ》きがちに座っていた巳之吉に、持っていた銀煙管を投げつけた。巳之吉はそれを器用にひょいと避けると、煙管は後ろの襖《ふすま》に当たって、かぎ裂きができた。

「よしなさい！」

善兵衛の声がその時だけ大きかった。肩で息をするはずの怒りはもっともだった。うまく纏《まと》まっている縁談に横から巳之吉が現れて滅茶滅茶にしようとしていたのだから。

善兵衛は、仲人《なこうど》も立てないで直接話を持ち込んだ巳之吉に順序が違うと堅いことを言った。善兵衛の話し方は、けいにはまるで商売の掛け引きのようにも思えた。

巳之吉は、おっしゃる通りです、と善兵衛を立て、下駄清と伊豆屋が肩を並べる店だったらそうしただろうと言った。

羽織もない木綿縞《じま》の袷《あわせ》に、よじれのあるへこ帯を締めただけの巳之吉は、どう見ても風采《ふうさい》が上がっていない。

巳之吉はその眼に込められるだけの真実を込めて善兵衛に訴えていた。この半年ほどの自分の生活も包み隠さず善兵衛に話した。

それは十七のけいにとって辛《つら》いものもあったが、善兵衛やけいに対して誠実であろうとする巳之吉の気持ちは嬉《うれ》しかった。

巳之吉は遊びの途中で居酒屋の手伝いをしていた女と理《わり》ない仲になり、所帯を持つ話まで進んだ。店に前借りのあった女はそれを理由に返事を渋っていた。巳之吉は深川を離れ、どこか遠くで暮らそうと家から十五両を持ち出し、約束の場所で女を待った。

女は来なかった。代わりに女の亭主だという男が現れて、巳之吉は殴られた上に金も奪い取られてしまった。女が亭主とぐるになって巳之吉を嵌《は》めたのである。間男《まおとこ》は御法度《ごはっと》である。亭主はなおもそれを理由に下駄清に強請《ゆすり》を働く様子があった。巳之吉は途方に暮れた。家には帰れず、かといって頼りにできる親戚《しんせき》もいない。切羽詰まった巳之吉は彦七の所に転がり込んで縋《すが》ったのだ。

彦七はすぐに知り合いの岡っ引きにその亭主の処置を頼んだ。お上に伏せてのことだから、その時、彦七は幾らかの金を遣ったようだ。亭主と女がその後どうなったかは、巳之吉は知らない。しかし、下駄清が強請《ゆす》られたという話は、その時も今もけいは聞いていなかった。

けいは巳之吉の話に解《げ》せないものを感じた。

後で巳之吉と二人になった時、そっと切り出してみた。

「でも彦爺《じ》いはどうして岡っ引きに知っている人がいたの？　どうして口の利《き》けない彦爺いがあんちゃんのことをうまく頼めたの？」

巳之吉はしばらく躊躇《ためら》うような表情をしていたが、「こいつは内緒の話なんだが……」と口を開いた。

「彦爺いは、本当は口が利けるんだ」

「嘘！」

心底驚いたけいは、思わず甲高い声を上げた。そんなことはある訳がない。

「嘘を言ってどうなる」

「だって、彦爺いはあたいが子供の頃からずっと口が利けないってことで通っていたじゃないか。あたい、一度だって彦爺いの喋《しゃべ》るのを聞いたことはないよ」

「おれだってそうさ。海辺大工町に行ってからだな。お前ェが驚くより先におれは心《しん》ノ臓《ぞう》が飛び出そうなほど驚いたぜ。まあ、もともと口の重い質《たち》だったそうだが」

彦七は若い頃、人並みに所帯を持っていた。履物屋に奉公して女房と娘と三人で暮らしていたのだ。その娘はけいのように、こましゃくれた娘だったそうだ。

娘は年頃になると稲荷《いなり》町の大部屋の役者に熱を上げた。相手の男は男前ではあったが存外に性悪な男で、娘はさんざん遊ばれて捨てられてしまった。彦七は娘を思う父親としてそれが許せなかった。相手の男に詫《わ》びの一つも入れて貰《もら》うつもりで出かけた。話の喰い違いから彦七は相手の男にひどい傷を負わせ、その傷のために男は間もなく死んでしまった。

彦七は自身番にしょっ引《ぴ》かれ、裁きの後に石川島の人足寄せ場に送られた。三年の後に戻って来た彦七だったが、女房はその間に死に、娘の行方は知れなかった。町年寄の肝煎《きもい》りで下駄清に職を見つけた彦七はすっかり人嫌いになっていた。無理もないとけいは思った。人と話をするようになれば暗い過去のことが洩《も》れる恐れもある。口の利けない振りをしていれば人は余計なことを訊ねない。長い間にその習慣がすっかり身について、彦七はいざ喋ろうとしてもうまく話せなくなっているという。しかし、巳之吉の時はさすがにそんなことも言っていられず、拙《つたな》い喋り方で岡っ引きに頼んだようだ。その岡っ引きは彦七をしょっ引いた男の息子で、土地の親分として顔も利いた。巳之吉のこともうまく運ぶように便宜を計らってくれたのだ。

「そうだったの……彦爺いにそんなことがあったなんて、あたい、ちっとも知らなかった。彦爺い、可哀想《かわいそう》だ」

けいは洟《はな》を啜《すす》った。喋ることを拒否して生きて来た彦七の胸中はいかばかりであったろう。

「お前ェのことを、彦爺いはずい分気に掛けていた。だからっておれにどうしろとは言わなかったけどよ。せめて下駄を拵えてやればいいぐらいに思っていたんだろうよ。

その下駄がきっかけで妙なことになっちまったが」

「あんちゃんが彦爺いと同じ下駄《げた》が造れるってことだけであたいは大満足だよ。これで下駄清は安泰だ」

豪気なけいの言葉に、勝手に決めてやがるぜ、と巳之吉は鼻を鳴らした。

善兵衛との話し合いは、一刻《いっとき》も続いただろうか。堅い意志のけいに善兵衛は「おけい、下駄清に行ったら、うちにいる時とは何から何まで違うのだよ。それはわかっているのかい？　巳之吉を前にして言うのも嫌味に思うだろうが、店と店の付き合い方というものもあるんだ。下駄清の人間になったら、奉公人はお前に対しては態度を変えることもあるかも知れない。我慢できるのかい？」と言った。

伊豆屋の奉公人がお嬢さん、お嬢さんと持ち上げるのは伊豆屋の暖簾《のれん》の内のこと。下駄清に嫁に行ったら、けいはただの近所の履物屋の嫁だと善兵衛は言っているのだ。俄《にわ》かには信じられなかったが、けいはこくりと肯《うなず》いた。わずかに躊躇ったけいの気持ちを察して巳之吉は「わかっておりやす。おけいにはそこんところ、ようく話して聞かせます」と言った。

「いけ図々《ずうずう》しい」

もはや自分の女房にしたような巳之吉の物言いがすずの癇《かん》に障《さわ》ったのだろう。すずの声はいかにも憎々しそうだった。

「お父っつぁん、あたい、覚悟ができています。もうこれからはお父っつぁんの力を当てにしません。全部、この人の稼いだものでやって行きます。あたい、履物屋の商売が心《しん》から好きだもの」

けいは健気《けなげ》に言った。自分の幸福に自信があった。本当に自分は下駄が好きだ。彦七の造る下駄が。そしてこれからは巳之吉の拵える下駄が。

下駄さえ自由が利いたら他は何もいらないとさえ思う。

「足許《あしもと》から固めたか……」

善兵衛が呟くように言ったひと言が、つまりはけいと巳之吉が所帯をもつことの了解だった。

その後で、すずが身も世もなく「畜生、畜生！」と絞り上げるような声で泣いたので、けいは宥めるのに苦労して、自分が嬉し涙にくれる機《おり》を逃してしまった。

六

鶯色《うぐいすいろ》に「下駄清」と白く染め抜いてある短い暖簾は軒先をぐるりと覆《おお》っていた。それが爽《さわ》やかな春の風に揺れていた。

店先の掃除を済ませたけいは、竹箒《たけぼうき》を片付けると実家の方に視線を投げた。得意先に品物を納めるところなのだろう。大八車が荷を積んで並んでいる。手代の政吉が人足に指図して、さらに荷はその上に重ねられた。ふと、けいの視線に気づき、政吉はひょいと頭を下げた。けいもそれに応《こた》える。

二十五になったけいは黒繻子《くろじゅす》を掛けた縞物の着物に臙脂《えんじ》の麻型模様の前垂れをつけ、丸髷《まるまげ》も板に付いた女房である。

伊豆屋の中から羽織姿の幸助が何か早口で喋りながら出て来た。手に書き付けの帳面を持っているのは荷の確認であろう。幸助はもうすぐ祝言《しゅうげん》を挙げる。同業者の娘との縁組が纏まったのだ。この頃は商売の主導権は善兵衛よりも幸助が握っているように見える。陽に灼《や》けたその顔は、まさしく暖簾を守る商人だった。

「幸助、お早う」

けいは弟に声を掛けた。

「ああ、姉さん、お早うございます。よいお天気ですね。わたしはこれから浅草行きですよ」

「ご精が出ること。お前、足許は大丈夫かえ?」

「はい。革の鼻緒は馴染《なじ》むといいものですね。重宝しております」

「わざと見せびらかすんじゃないよ。そういうのは下衆《げす》のやることだよ」

「わかっていますよ」

幸助は苦笑してそのまま書き付けに眼を落とした。けいはそんな弟を頼もし気に見つめてから自分の店の中に入った。

彦七はいつものように自分の居場所に座っている。中風を患《わずら》ってから、こなせる仕事はめっきり少なくなった。代わりに巳之吉の手が動く。今も長い指が器用に動いて麻裏草履の鼻緒を締めているところだった。けいは、それをしばらく眺めた。

善兵衛は下駄清に嫁に行ったけいに、面倒は見ないと言ったが、それでも得意先や同業者の寄合では、それとなく下駄清のことを宣伝してくれていた。お蔭《かげ》で以前よりも注文が増えている。一度下駄清の履物を試してくれた客は必ず次も注文してくれた。巳之吉が彦七の教えを守って手を抜かない仕事をするからだ。それが何よりけいは嬉《うれ》しい。

すずも最初は巳之吉にはろくに口も利かなかったが、この頃は態度が柔らかくなっている。

ちょっと用事ができればおけい、おけいと気軽に声を掛けられるのを、ひどく便利で安心できるように思っているらしい。何しろけいは実の娘だ。余計な気遣いはいらない。

「おけいちゃん、胡麻《ごま》はどこにしまったかねえ。おむすびをこさえるのに困っているよう」

巳之吉の仕事ぶりに見惚《みと》れる暇もなく、およしの声が台所から響いた。

「おっ姑《か》さんたら、この間、自分で戸棚の引き出しに仕舞ったくせに」

苦笑して呟《つぶや》いたけいに巳之吉は顔を上げて笑った。

「婆《ばば》ァ二人におけい、おけいと当てにされてお前《め》ェも大変だ」

「婆ァなんて言ったら二人とも眼をつり上げて怒るよ。どっちも勝ち気だから」

「違げェねェ……」

近所の付き合いを別にすれば下駄清は伊豆屋のような店からは相手にもされない小《こ》店《だな》だということを、けいは嫁いで実感した。

善兵衛の言っていたように伊豆屋の奉公人は面と向かって無礼はないものの、どこか態度はよそよそしい。けいは実家の出入りにも裏口を使った。

いつか店の間口を拡《ひろ》げ、深川どころか江戸でも指折りの履物屋にしてみせる、とけいが密《ひそ》かに思うのは深川っ子の意気地と張りだ。

繁昌《はんじよう》している呉服屋に嫁いだ妹のさちが芝居見物だ、やれ花見だ月見だと浮かれていても、けいは「よかったね、楽しみなこと」と素直に言えた。自分の嫁いだ所が物見遊山《ゆさん》できる余裕のないことは初めからわかっていた。

わかっていたから嫉妬《しつと》も起こらない。


佐賀町のお蔵で一番大きいものは干鰯《ほしか》問屋「魚干《うおかん》」の蔵だが、次に数えられるのは伊豆屋だった。

伊豆屋のお蔵の隣りにはもう一棟、お蔵が建てられるだけの空き地があった。それも伊豆屋の地所である。

いつか善兵衛からその地所を譲って貰い、井桁《いげた》の屋号の入った下駄清のお蔵を建てることがけいの夢だ。

下駄と巳之吉を手に入れたけいは、夢は叶《かな》うものだということを知っている。

ただ、巳之吉と所帯を持って、翌年に生まれた長男の辰吉《たつきち》に寝小便の癖があるのは、どうにも仕方のないことだったが。

武家草鞋《ぶけわらじ》

山本周五郎

山本周五郎（やまもと・しゅうごろう）

一九〇三年、山梨県生れ。横浜市の小学校を卒業後、東京木挽町の山本周五郎商店に徒弟として住み込む。二六年、『須磨寺附近』が「文藝春秋」に掲載され、文壇出世作となった。四三年、『日本婦道記』が直木賞に推されるも、受賞を固辞した。主な著書に『樅ノ木は残った』『赤ひげ診療譚』『さぶ』『人情裏長屋』『風流太平記』などがある。六七年死去。

一

「あの方はたいそう疲れていらっしゃるのですね、お祖父《じい》さま、きっとずいぶんお辛《つら》い旅が続いたのでしょう、わたくしあの方のお顔を拝見したときすぐにそう思いました」若いむすめの艶《つや》やかな声が、秋の午後のひっそりとした庭のほうから聞えてくる、「……並なみのご苦労ではないのですよ、あのお眼《め》の色でしんそこ疲れきっていらっしゃるのがわかります、わたくし胸が痛くなりました、本当にここのところが痛くなりましたの、お祖父さま」

「その土を均《なら》すのはお待ち、朽葉を混ぜて少し日に当ててからにしよう」老人のしずかな声がそう云《い》った、「……今年あんなに虫が付いたのは鋤返《すきかえ》すとき日に当て方が足りなかったのだろう、可哀《かわい》そうにこっちの蕨《わらび》はみんな根がこんなになってしまった」

「ああそれはお捨てにならないで下さいまし、わたくし糊《のり》を拵《こしら》えますから」

宗方伝三郎《むなかたでんざぶろう》はうとうとまどろみながら、遠い思い出からの呼び声のように二人の会話を聞いていた。なかば覚めかかって、ああおれはこの家に救われているんだなと思い、また夢うつつのように眠ってしまう、ともかくも今は人の情に庇《かば》われているという安心と、身も心も虚脱するような疲れとで、起きあがる力さえ感じられないのであった。老人は口数の少ない人とみえてときどきさりげない返辞をするだけだが、娘は話し好きらしく殆《ほと》んどひっきりなしに声が聞えてくる、それがいかにも明るく爽《さわ》やかだし、話題はどうでも話してさえいれば楽しいという風で、聞いているほうがしぜんと頰笑ましくなる感じだった。――心ゆたかに育ったんだな、伝三郎は夢ごこちになんどもそう思った、きっと性質もやさしいむすめだろう。

呼び起されて本当に眼が覚めたのは昏《く》れ方であった。粥《かゆ》が出来たので此処《ここ》へ持って来るから顔を洗うようにと云う。伝三郎は起きて頂戴《ちょうだい》すると答えて夜具をはねた。……娘に案内されて裏へ出ると、若杉の垣の向うはうちひらけた段畑で、その畑地の果てるかなたには、峡間《はざま》はざまに夕雲のわき立った重畳たる山々が眺められる、垂れさがった鼠色《ねずみいろ》の雲にはもう残照もなく、耕地も森も、薄《すすき》の白く穂立った叢林《そうりん》も、黄昏《たそがれ》のもの哀《がな》しげな光りに沈んで、しずかに休息の夜の来るのを待っているようにみえる、なんというしずかさだろう、伝三郎は切なくなるほどの気持で心の内にそう呟《つぶや》いた。

「そんなにご熱心にどこをごらんなさいますの」娘は半挿《はんぞう》へ水を汲《く》みながらそう問いかけた、「……ああ二俣山《ふたまたやま》を捜しておいでなさいますのね」

「二俣山、……ええ、そうです」伝三郎はちょっとまごついた、「そうです、それはどちらのほうですか」

「もっとずっと左のほうでございます、いちばん手前にある低い山のずっと左の端に、こんもりと木の繁《しげ》った小高い処《ところ》が見えますでしょう、あれが二俣のお城跡《しろあと》でございます」そう云って娘はふと声を曇らせた、「……わたくしあのお城跡を見ますと、いつも岡崎《おかざき》さまのお痛わしい御最期《ごさいご》のはなしを思いだしますの、本当になんというお痛わしい、悲しいお身の上の方でございましょう、考えるたびに胸が痛くなりますわ、あなたはそう思《おぼ》し召しませんか」

「人間は正しく生きようとすると」伝三郎はふと険しい口ぶりでそう云った、「……とかく世間から憎まれるものです、岡崎殿の御最期はお痛わしいというより、寧《むし》ろ美しい詩だと申上げるほうが本当でしょう、しかしこんな云い方は敗北者の哀れな悲鳴かも知れませんがね」

終りは自分を嘲《あざけ》るような、ひどく棘《とげ》のある調子だったので、娘はびっくりして大きく眼を瞠《みは》りながらこちらを見あげた、伝三郎もいきなりそんな調子でものを云ったことが恥かしくなり、娘の眼から遁《のが》れるようにざぶざぶと顔を洗いはじめた。岡崎殿とは徳川家康《とくがわいえやす》の長男、三郎信康《さぶろうのぶやす》をさす、不運な生れつきのひとで、徳川家のために尠《すく》なからぬ功績はありながら、複雑な事情から父に疎《うと》んぜられ、天正《てんしょう》七年の九月、ついに遠江《とおとうみ》のくに山香《やまか》の二俣城で自刃《じじん》して果てた。原因は説に依《よ》って違うが、父家康の内命による死だと伝えられている。いかにも哀史というべきその話は伝三郎もよく知っていたが、眼の前にその遺跡があろうとは気づかなかった、そしてあれがその城跡だと教えられたとき、説明しようのない怒りを感じたのである。それは岡崎殿の悲運が、そのまま自分の身の上を暗示するように想《おも》えたからかも知れない。顔を洗いながら、かれは恥かしさに背筋へ汗の滲《にじ》むのを覚えた。

「幾らかお疲れが休まりましたか」食膳《しょくぜん》につくと老人が労《いたわ》るようにこちらを見ながらそう云った、「……べつにおすすめは致しませんから充分に召しあがって下さい、韮《にら》雑炊《ぞうすい》は疲れにはよいものです」

礼を述べようとしたが口を切る機会を失って、伝三郎は会釈《えしゃく》しながら黙って箸《はし》をとった、老人は葛布《くずふ》のそまつな袴《はかま》の膝《ひざ》を折り目正しく坐《すわ》り、なにか祈念するもののようにじっと瞑目《めいもく》していた。

二

宗方伝三郎は出羽《でわ》のくに新庄《しんじょう》の藩士で、二百石の書院番を勤めていた、父も謹直なひとだったが、かれはそれに輪をかけたような性質で、少年の頃から清廉潔白《せいれんけつぱく》ということをなによりの信条として育った、けれどもどういうわけか周囲との折り合が悪く、気持のうえでも日常生活でも、極めて孤独なおいたちをした。人はよく偏狭《へんきよう》な男だとかれを嗤《わら》った、傲慢《ごうまん》な独善家だと罵《ののし》った、しかしかれにはそういう人の肚《はら》がみえ透くのだ。偏狭とはかれが正直いちずだからだし、傲慢と罵るのは廉潔をたてとおすからだ、御都合主義と虚飾でかためた世間の人々には、かれの純粋に生きようとする態度が、滑稽《こつけい》でもありけむたかったのである。

――嗤うなら嗤え、真実であることは嘲笑《ちようしよう》されるだけで価値を失いはしない、どっちが正しいかはやがてわかるだろう、いつかはおれの真実がかれらの虚飾に勝つときがくる。

かれはそう信じていた、というよりもそう信じなければ生きてゆけないような立場に立たされていたのである。

貞享《じようきよう》三年の春、新庄藩に家督問題がおこった、藩主の戸沢能登守止誠《のとのかみまさのぶ》には五人の子があったけれど、男子はみな早世し、正誠もすでに老齢に及んだので、その世継をきめなければならぬ時となった。そこで他家へ嫁《か》している正誠の息女《たけ》の血筋を入れようという説と、家臣ではあるが遠い血続きになっている楢岡兵右衛門《ならおかひようえもん》の二男を入れる説と、この二つの論が出てかなり紛糾した。だが能登守は初めから兵右衛門の二男をとる積りだったので、間もなく楢岡内記正庸《まさつね》が嗣子《しし》ときまり、この問題は終った。このとき伝三郎は内記を入れることに反対であった、他家へ嫁した息女が二人もあり、それぞれに子があるから、これこそ御しゅくん直系のお血筋とすべきである、楢岡もお血続きではあるが家臣で、家来から世継をとるということは藩家将来の綱紀にかかわり兼ねない。……そういう一部の老臣の説を尤《もっと》もだと信じて、かれはあくまで内記を迎えることに反対しとおした。そして能登守の意志が動かすべからずと知って、一部の老臣たちが説を翻《ひるがえ》してからも、かれと数名の者は頑《がん》として主張を変えず、ついに上役や老臣と衝突して、いさぎよく戸沢家を退身してしまったのだ。

——反対したのは内記さまそのひとが問題ではなく、主家将来の綱紀のためである。しかし内記さまを迎える以上、反対した者がそのまま職にとどまるのは、逆に綱紀の障《さわ》りとなり兼ねない、なぜなら君臣のあいだには、微《み》塵《じん》も隔てがあってはならないのだから。

そう考えたことに嘘《うそ》はないし、退身した点もかえりみて愧《はず》かしくはない、それにもかかわらず、心のどこかに一種の敗北感があった、正しいと信じて身を処したのに、負けて逃げだすような屈辱的な感じが脳裡《のうり》から去らない、これは伝三郎にとって堪えがたいものだった。いつかは真実と虚飾の位置を明らかにしてみせる、そう思って孤独をとおしてきたのだが、結果としてはまるで逆になった、——偏狭なやつだ、ばか律義《りちぎ》な男だ、そう云って嘲笑する人々の声が聞えるようで、かれは忿《いか》りのために幾たびとなく身を震わした。

親族たちにも相談をせず、新庄をたちのいた伝三郎は、僅《わず》かな貯《たくわ》えを持って江戸へ出た、武士でなくともよい、清潔に生きる道でさえあればどんなことでもしよう、そう決心していたのである、けれども実際に当ってみるとそれは殆んど不可能なことだった。貞享、元禄《げんろく》といえば幕府政体もおちつくところへおちつき、商工業の発達と文化の興隆のめざましさにおいてまさに画期的な年代であったが、殊《こと》に新しく勃興《ぼっこう》してきた商人階級のちからは、ともすると武家の権威をすら凌《しの》ぐ勢いを示し、世は挙げて富貴《ふうき》と歓楽を追求する風潮に傾いていた、西鶴《さいかく》の永代蔵《えいたいぐら》に「……士農工商のほか出家神職にかぎらず、始末大明神の御託宣にまかせて金銀を溜《た》むべし、是《これ》ふた親のほかに命の親なり」といい、また続けて「……世にあるほどの願ひ何によらず、銀徳にてかなはざる事なし」といっている、また——親子の仲でも金は他人、などという言葉がなんのふしぎもなく人の口にのぼるありさまで、すべてが金であり利潤であった、貧しい者はもとより富める者はさらに富もうとして、どんな機会をものがすまいと血まなこになっている、伝三郎はそういう世の中へはいっていったのだ。武士として育ち、またかれのような性格をもって、こういう世相に順応できないのは当然である、新庄藩においてすら敗北したかれの廉潔心は、江戸へ出るがいなやもっとてひどく叩《たた》きのめされた、それは武家生活におけるような生やさしいものではなかった、一年あまりの暮しで、骨の髄までかれは叩きのめされたのである。

三

「わたくしは誇張して申すのではございません、また世間の俗悪卑賤《ひせん》をいちいち申上げようとも思いません、しかし世の中も、人間も、醜悪な、みさげはてたもので充満しています、しかもそれが堂々と、威張りかえって……」

手作りの風雅な行燈《あんどん》の中で、油の燃える呟きがしずかに聞えている、老人と相対して坐った伝三郎はこめかみのあたりに太い筋をあらわしながら、いかにも忿懣《ふんまん》に堪えぬという口調で語りついだ。

「物を売る商人は、物を売るのでなく代価を取るのが目的です、筆を買えば筆の穂は三日も経《た》つと取れてしまう、手拭《てぬぐい》を買えば幾らも使わぬうちに地がほつれてぼろぼろになる、足袋は縫目から破れるし草履はすぐに緒が抜ける、……銭さえ取ってしまえばよい、売った品物がどんなごまかしでも、そのために人がどんな迷惑をしようと構わない、ただ銭、銭さえ儲《もう》ければよいというのです、しかもこういう気風は商人に限りません、世間ぜんたいが欺瞞《ぎまん》と狡猾《こうかつ》との組み合せです、こんなことでいいのでしょうか」伝三郎はぶるぶると震えた、「……これで世の中がなりたってゆくでしょうか、こんなに堕落しながら恬《てん》として恥じない、寧ろみんな当然のような顔をしている、本当にこんなことでよいのでしょうか、こんな乱離たることで」

老人は袴の膝へ両手を置き、なかば閉じた眼で壁のあたりを眺めながら黙って聴いていた。戸沢家を退身して以来の身の上のそこまで語ってきて、伝三郎は回想することのやりきれなさに参ったらしい、「……そこでわたくしは江戸を逃げだしました」と云うと、暫《しばら》く忿りを鎮《しず》めるようにむっと口を噤《つぐ》んだ。

「……しかし何処《どこ》へいっても同じことでした、どうかして生きる道を捉《つか》もうと、ちからのあるだけはやってみたのですが、結局はこちらの敗北です、わたくしはほとほと疲れました、もうたくさんだという気持です、これ以上は自分もそういう仲間にはいるか、それとも生きることをやめるか、二つのうち一つを選ぶより仕方がない、そしてわたくしは後者を選んだのです、こんな俗悪な世間に生きるよりは、寧ろ人間の匂《にお》いのない深山《しんざん》へはいって死のう、そう決心を致しました、そして残っている貯えのあるうちは安宿に泊り、無くなってからは野宿をしながら、殆んど水を飲み飲みここまで辿《たど》りついて来たのです、もしも救って頂かなかったら、あのとき倒れたまま死んだことでございましょう」

寧ろそのほうが本望だった、そう云いたげに伝三郎は話を終った。老人はかれの話が終ってからもながいこと黙っていたが、やや暫くして、しずかに、劬《いたわ》りのこもった調子でゆっくりと云った。

「まったく、世間というものはむずかしいものです、山へはいって死のうとまでお考えなすった、その気持もよくわかります、……わたくしなどはごらんのとおり山家《やまが》の老耄《ろうもう》人でなにも知らず、意見の申上げようもなし、ただご尤もと申すよりほかに言葉もございませんが、しかしこうしてわたくし共でお世話をするというのもなにかの御縁でございましょう、こんなところでよろしかったら暫くおからだを休めておいでなさいまし、そのうちには少しは気持もお楽になるかも知れません、考えようによっては、これでなかなか世の中も捨てたものではございませんから」

「ご老人はさようにお考えなさいますか」

「世間はひろく人はさまざまです、思うようになる事ばかりでも興がないと申すではございませんか、まあ暫くはなにもお考えなさらず、できることならゆっくりとご保養をなさいまし」

淡々としたなかに、冬の日だまりのような温かみのある老人の言葉は、それだけでも伝三郎の気持を鎮めて呉《く》れるようだった。ながいあいだ胸に溜まっていた忿懣を残らず話してしまったことも、幾らか心をおちつかせる役には立ったのかも知れない、――では御好意にあまえるようですが、そう云ってかれは暫くその家の厄介になることになった。

ここは東海道の袋井の駅から五里ほど北へはいった野部《のべ》という村である、しかしそこを通っている道は天竜川《てんりゅうがわ》に添って、遠く信濃《しなの》のくに飯田城下へと続いており、山里とはいえなかなか往来の賑《にぎ》やかなところであった。……老人の家は村はずれの小高い丘の上に建っていた、居まわりは松林や、籔《やぶ》や、畑地がつづいて、それが北へと段登りになっている、つまり天竜川下流の平野がそこで終り、ようやく山岳地帯へ移ろうとする地勢で、段登りになってゆく土地の北には、眉近《まぢか》に迫って本宮《ほんぐう》山系の山々があり、そのかなたに秋葉山《あきばさん》、大岳山などの峰がうち重なってみえる、それで午後になって日が傾くと、光りはこれらの山々の峡間《はざま》を辷《すべ》り、高低さまざまの地形を走って、複雑な、諧調《かいちょう》の多い明暗を描きだし、ひじょうに美しい、そしてしみいるような侘《わび》しい眺めが展開するのである、……伝三郎は昏《く》れがたになるとよく家の前の台地にあがり、薄原《すすきはら》のなかに腰をおろしてこの眺めに見いった。そういうとき青黝《あおぐろ》く昏れてゆく山々の向うから、ふとすると誰か自分に呼びかける声が聞えるように感じられ、ふしぎなほど人なつかしい想いを唆《そそ》られて、つい知らず泪《なみだ》があふれそうになることもしばしばだった。

——なんというしずけさだろう、かれはよく口の内でそう呟《つぶや》いた、——あの山々も樹立《こだち》も、丘も畑地も、草原も、みんな少しの虚飾もなくあるがままのすがたを見せている、かなしいほどもあるがままだ、こういうところで一生をおくることができたら、どんなにすがすがしく楽しいことだろう……。

四

穏やかな日々が経っていった。

老人は三日にいちどずつ昌覚寺という禅寺へかよい、村の児童たちに読み書きを教えている、村人たちは「西の老先生」と呼んでひじょうな尊敬を示し、老人を見ると遠くから冠《かぶ》り物《もの》をとって挨拶《あいさつ》をするという風だった。孫むすめはいねという名で、これもまた村の娘たちに裁ち縫いの手ほどきをしているが、老人もいねもそのことでは決して謝礼は受けず、一家のたつきは二人の手内職でまかなっていた、老人は蠟燭《ろうそく》を作り、いねは頼まれものの縫い張りなどをして。……伝三郎にはそれがなにか由《よし》ありげに思えた、だいいち老人は起きるから寝るまできちんと袴を着けている、蠟燭を作っているときでさえ脱がない、立ち居の動作もさりげないようでいて折目ただしく、どんな場合にも正坐《せいざ》した膝《ひざ》を崩すことがなかった。なにか由ある人に違いない、そう推察していたがそれはかれの思いすごしで、老人は牧野市蔵と呼び、この土地の古い郷士《ごうし》の裔《すえ》だということがわかった。

――老先生も若いときはずいぶんお暴れなすったものだ。

ときおり耳にはいる村人たちの、そういう話をつなぎつなぎ聞くと、老人は青年の頃ひどく覇気満々で、刀法の修業だといって五年もどこかへでかけたり、帰って来ると杉の木山をはじめたり、また伝馬《じんま》問屋《どんや》の株を買って、袋井の宿《しゅく》で暫く筆そろばんを手にしたり、そのほか郷士などには似合わないずいぶん思いきった仕事を数かずやった。こうしてかなりあった家産を蕩尽《とうじん》し、望んで貰《もら》った妻にも死なれると、やがて人が変ったようにおちつき、この西の家にひき籠《こも》って世捨て人のような生活をはじめたのである。それからは村の外へ出ることもなく、村童に読み書きを教え、蠟燭を作って、孫むすめとふたり平凡な、しかしつつましく安穏な日を送って来たのだという、まことにありふれた、なんの奇もない話だった。

――しかし人間を高めるのは経験のありようではない、経験からなにをまなぶかにある、おそらく老人はそういう平凡な体験のなかから、ひとには得られない多くの深いものをまなんだ、それが現在のあの風格を生んだのに違いない。

伝三郎は自分をかえりみる気持でそう思った。

秋もようやく深く、草原も丘の林もめっきり黄ばんできた或《あ》る日、いねが庭の畑でせっせと土を耡《す》くっているのを見て、伝三郎はしずかに近づいていった。老人は昌覚寺の稽古《けいこ》日で留守だった、日向《ひなた》にいると汗ばむほどの暖かい日で、澄みあがった高い空ではしきりに鳶《とび》が鳴いていた。

「なにを作るのですか」伝三郎がそう呼びかけると、いねはとびあがるような姿勢でふり返り、頬から耳のあたりまでさっと赧《あか》くなった。

「まあびっくり致しました、おいでになったのを少しも存じませんでしたから」

「それはどうも、そんなに熱心にやっておいでとは知らなかったのです、なにをお作りなさるのですか」

「蕨《わらび》を作りますの、ここはみんな蕨でございますわ」

「ほう、蕨は畑にも作るんですか」伝三郎は初めて聞くので珍しかった、「……わたしはまた自然に生えているのを採るだけかと思いましたが」

「たべるだけならそれでよいのでしょうけれど、こうして作るのは頂くほかに根から糊《のり》を採りますの、蕨糊といって、紙にも布にも、それから細工物にも使う、強いよい糊が出来ます」

そしていいねはまた楽しそうにお饒舌《しゃべ》りを始めた、糊の作り方から蕨の世話に移り畑の土の案配、根の善し悪《あ》しなど、艶《つや》やかなまるみのある声で、なにかひじょうに重大なことでも語るように熱心に話しつづけた。伝三郎は黙って聞いていた、内容はどうでもよい、いいねの美しい声音《こわね》といかにも楽しそうな話しぶりを聞いているだけで、しぜんに心まで温かくなる感じだった、まるで子守り歌のようだ、そんなことを思っていると、やがてその話のなかに思いがけない言葉が出てきた。

「わたくしこういう畑仕事が好きなのは血だと思いますの、わたくしの生れがお百姓のむすめなのですから」

「お百姓の生れですって」伝三郎は聞き咎《とが》めて反問した、「……わたしはまた牧野家は郷士のいえがらだと聞きましたがね」

「ええお祖父《じい》さまはそうでございますわ、でもわたくしは百姓の生れでお祖父さまの実の孫ではございませんの、宗方さまはまだご存じではなかったでしょうか」

五

「初めて聞きました」伝三郎はちょっと信じられないようにあらためて娘を見直した、「……わたしは実のお孫さんだとばかり思っていましたがね」

「村の方たちもそう云《い》いますし、わたくしにも実のお祖父さまとしか思えません、でも本当は縁もゆかりもございませんの、わたくしが五つのときみなし児《ご》になったのを、お祖父さまが拾って育てて下すったのです」

いねは此処《ここ》から一里ほど南にある美川という村で生れた、家はかなりな自作百姓だったが、或る年の夏、天竜川が氾濫《はんらん》して家も田畑も流され、父母と二人の兄をその水禍でとられた。そのとき五歳だったいねは独りだけふしぎに命を助かり、間もなく老人のもとへひきとられたのだという。……伝三郎はその話を聞きながら、ふと理由の知れない慚愧《ざんき》を感じた、なぜそんな気持になったかそのときはわからなかったが、いねの話が終ると、まるでとって付けたように、

「わたしもなにか仕事を始めましょうか」

と云って追われるようにそこを離れた。

自分で考えてもとって付けたような言葉だった、いねの身の上を聞いて、ふかい思

案もなくふと口に出たまでのことだったが、云ってしまってからあらためて「そうだ」と思った。そしてその日、老人が帰って来るとすぐにその話をした。

「わたくしもこうしている間になにか手仕事をしてみたいと思うのですが、草鞋《わらじ》つくりなどはどうでございましょうか」

「それは結構でございますな」老人はしずかに笑った、「……ここは東海道と信濃をつなぐ道筋で年じゅう往来する者が絶えませんから、お作りになれば問屋がよろこんで引受けることでしょう、しかし作り方はご存じでございますか」

「新庄は雪国でもあり、殊《こと》に武家では草鞋はみな各自に作ります、ていさいのよい物はどうかわかりませんが丈夫なものなら作れます」

「それはなお結構でございます、本当にそのおつもりなら、わたくしからすぐ問屋のほうへ話してみましょう」

老人はすぐに二俣《ふたまた》の問屋へでかけてゆき、必要な道具や材料を借りだして来て呉れた。いねはどう思ったものか、嬉《うれ》しそうな浮き浮きした調子で、「お祖父さまの蠟燭と宗方さまの草鞋がたくさん出来るのでしたら、わたくしが茶店を出して売ることに致しましょう……」などと云って笑い、それまでとは違った明るさと、活《い》き活《い》きした挙措が眼だってきた。

伝三郎の気持も少しずつ変っていった。山村に身をおちつけて、児女を教え蠟燭を作り、拾ったいねを養育しながら、名利《みょうり》を棄《す》ててつつましく生きる老人、今は侘しいほども枯れたその風格のかげには、おそらく人に語れない多くの悔恨や、忿怒《ふんぬ》や、哀傷の癒《いや》しがたい創《きず》があることだろう。……またいねは五歳という幼弱で孤児になった、老人のなさけ深い手に養われたとはいえ、ながい年月にはずいぶん辛《つら》い悲しいことがあったに違いない、しかもこのように明るく心ゆたかに成長してきた。――人はみなそれぞれ苦しい過去をもっている、それが伝三郎にかなり強い感動を与えた、いねの身の上を聞いたときの慚愧はそれだった、「この娘でさえこんな艱難《かんなん》のなかに生い立っている」それが伝三郎に生き直そうという力を与えたのである。

こうして仕事を始めたのだが、とにかく始めてみれば興味もおこってくるし、なによりよいことは、仕事に熱中しているあいだはなにもかも忘れていられることだった、新庄のことも、世間の卑俗さも、人間の陋劣《ろうれつ》さも、……草鞋を作っているあいだは忘れていられる、かれは熱心に、幾らかは楽しさも味わいながら、せっせと仕事を続けていった。

「ご精がでますな」老人はときどき覗《のぞ》きに来ては云った、「あまり一時に詰めてなさると根がきれは致しませんか、茶がはいりましたから少しお休みなさいまし」

「暫く手がけなかったので思うようにはかがいきません、こんな仕事でもやはり続けてやらぬといけないものです」

「さよう、草鞋を作るくらいのことでもな」

老人のこわねはなにかを暗示するもののようだった、かれはふと眼をあげた、しかし老人はいつもの穏やかな表情で、僅《わず》かに微笑しているだけだった。

かれは二俣にある問屋へもでかけていった。二俣は野部からゆく道と東海道の見附《みつけ》の駅から来る道とが合する所で、旅宿もあり商家もあってかなり繁昌《はんじょう》な町を成している。問屋はその町筋の中央にあった。柏屋彦兵衛《かしわやひこべえ》といい、土蔵の三棟《むね》もあり、店の者も多く、雑穀乾物や日用の品々を手びろく扱っていた。……かれの草鞋は評判がよかった、武家用のもので軽くないのが難だったが、丈夫なことは類がないから、馴《な》れるとほかの物は履けないという、その代り打ち藁《わら》も布切も多く使うので、手間賃の割が悪くなるのは避けられなかった、しかし伝三郎にはむろんそんなことは問題ではない、自分の作った物がよろこばれるというだけで充分に酬《むく》われる、そのほかのことは全くどうでもよいという気持だったのである。老人の作る蠟燭も同じ柏屋へおさめるのだが、草鞋のうけのいいことは老人も聞いたとみえ、「これで作るはりあいが出るというものですな」とよろこんで呉れた。

「しかし評判などはまあどちらでもようございます、お心が向いたら暫くお続けなさいまし、そのうちにはまた世に出る御時節もございましょうから」

「いやこれで満足です」伝三郎は生まじめにそう答えた、「……わたくしの作る物が少しでも世の役にたつなら、生涯このしずかな山里で生きてまいりたい、卑《いや》しい、汚れはてた世間はもうたくさんです、世に出る望みなどはもうこればかりもありません、わたくしはこれで満足です」

「仰《おっ》しゃるとおり、このやまざとの暮しも、これはこれでまたひとつの生き方でございます、それはそうでございますけれども……」

老人はそう云いかけて口を噤《つぐ》んだ。けれども、というそのあとにどんな言葉が続く筈《はず》だったのか、伝三郎にはそれが暫《しばら》く気になってならなかった。

六

できることならしずかなこの山村で生涯を送りたい、かれがそう思った気持には嘘《うそ》はなかった、いちどは死のうとまで思ったかれが、ともかくも生きてゆこうと考えるようになったのは、此処へ来て、静閑な朝夕を味わってからのことである。山も野も美しい、落葉しはじめた林の樹々《きぎ》も、耕地に働く農夫も、汚《けが》れのない淳朴《じゅんぼく》な、つつましいすがたをあからさまに見せて呉《く》れる、——ここでなら自分も生きてゆける、心から伝三郎はそう思ったのであった。だがそう思ったのはほんの僅かな日数でしかなかった、かれはやっぱりここでも痛いめに遭わなければならなかったのである。

霜月にはいった初めの或る日、作りあげた草鞋を持って柏屋へゆくと、珍しく手代だという中年の男が応待に出た。横鬢《よこびん》の禿《は》げた、眼つきの貪欲《どんよく》そうな手代は、揉《も》み手をしたり愛想笑いをしたりして、頻《しき》りにかれの草鞋の出来を褒《ほ》めあげ、そくばくの賃銭をそこへ並べながら、ひとつご相談がありますと云いだした。

「この次からはお手間賃も少しお上げ申しますが、ご相談というのはこの緒付けでございますな、ここを少し手をぬいて頂きたいのでございます」

「緒付けの手をぬくと申すと……」

「鼻緒、後緒、中乳と、この三カ所をもう少し手軽くやって頂きたいのです」

「しかしそれでは保《も》ちが悪くなるが」

「そこでございますよ」手代はにっと愛想よく笑った、「……あけすけに申上げるとこなた様の草鞋は丈夫すぎるのです、ご承知のようにこういう品を扱う店は、みな街道の掛け茶屋か木賃旅籠《きちんはたご》で、一足につき一文半銭の利にしかなりません、けれども草鞋は穿《は》き捨ての消耗品で、数が出ますから儲《もう》けにもなる、だからといって弱くては買い手がつかない、そこが商売のむずかしいところでございます」手代はそこでもういちど笑った、「……こなた様のお作りになる品はまことに丈夫で評判もよろしく、東海道筋からも印付きで注文がございます、これだけ品の名が通ればあとは少しくらい手をぬいても心配はございません、丈夫に越したことはないのですが、なにしろつい先日も信濃の河内《かわち》と申すところまで塩を積んでまいった馬子《まご》がありましてな、往《ゆ》き帰り三十里の道を一足でとおして、まだ穿けるというのですから嘘のような話でございます、これでは細かい利でやってゆく掛け茶屋などはあがったりでござりますよ」

「そうすると、つまり」伝三郎はからだが震えてきた、「……丈夫だという評判がついたから、これからは弱い草鞋を作れというのだな」

「そう仰しゃると言葉に角が立ちますが、なにしろこれも商売でございまして」

次に作る分の材料がそこに出してあった、然《しか》し伝三郎は黙って手間賃だけ受取ると、その材料には手も触れず、手代の言葉を中途に聞きながして柏屋の店を出てしまった。

「商売、僅かな利、儲け、弱い草鞋」

そんな言葉がきれぎれに頭のなかを飛びまわった。汚れたもの、卑賤《ひせん》なものとして、かれが居たたまらず逃げだして来た「世間」がここにもあった。丈夫なうえにも丈夫であるべき品を、儲けるために弱く作れという。

「なんという世の中だ」伝三郎は思わず声をあげた、「なんという見下げはてた世の中だ、あの手代の耻《はじ》を知らぬ顔はどうだ、ああ息が詰る」

ぶるぶると身を震わしながら逃げるような足どりで歩いて来たかれは町の左がわに「酒」と書いた油障子《あぶらしょうじ》をみつけて、矢も盾も堪《たま》らずその店の中へはいっていった。

野部の家へかれが帰ったのはもう昏《く》れがたのことだった。案じていたのだろう、いねが丘の登り口のところに立っていて、かれをみつけると駆け寄って来た。

「いやなんでもありません」伝三郎は娘の問いかけるのを遮《さえぎ》って、片手を振りながら急いでそう云った、「……草鞋作りは性に合いませんのでね、明日から人夫に出ることにしましたよ」

「人夫と仰しゃいますと」

「二俣の南から犬居《いぬい》へぬける裏新道を造っているそうで、誰でも日雇いに出られるということですから」

「でもせっかく草鞋の評判がおよろしいのに」

「いやそれはもう云わないで下さい」伝三郎は脇《わき》のほうを向いて吐きだすように云った、「……どうか草鞋のことは二度と云わないで下さい、商人を相手にしたのがこっちの間違いでした、はじめからわかっていなければならなかったのです、しかし、……いやもう同じことです、遣《や》り直《なお》しです、人足なら土を掘るのが仕事ですから、土には嘘も隠しもないでしょうから……」

そして逃げるような恰好《かっこう》でかれは家のほうへ去っていった。

七

新道を造る人夫の話は事実だった。かれは酒を飲みにはいった店でそのことを聞いた、柏屋をとびだしたときの気持は忿《いか》りというよりも絶望で、なにもかもめちゃくちゃになってしまえと思ったが、老人といいねの親切を考えるとここで投げ出しては済まないということに気づいた、――縁もゆかりもない者にこれほど尽して呉れる、ここでその心を無にしては相済まぬ。そう気づいたとき新道普請《ふしん》の人夫の話を聞いたのである。

明くる朝はやく、まだ暗いうちにかれは身仕度をして家をでかけた。老人にはなにも云ってなかったが、いいねが腰弁当を作って持たせて呉れた。普請場は二俣の南口から山越えに犬居へぬけるもので、中泉の代官所が支配となり、費用は国領と村郷との折半もちということだった、それで村郷からと代官所扱いと二組の人夫が出るのだが、村方はまだ農繁期で人手が足らぬため、日雇いを募ってそれに代えていたのである。

そのとき工事は鳶山《とびやま》という赭土山《あかつちやま》の切通しにかかっていた、仕事は崖《がけ》を崩すのと土運びと二つあり、伝三郎は崩すほうを望んだ。

久しぶりの力わざで、疲れはしたが気持はよかった。三日めに雨が降って休んだが、それからは秋晴れが続き、鍬《くわ》の使いようもしだいに馴《な》れていった。小休みのときなど、汗を拭《ふ》きながら草原に腰をおろすと、天竜川の大きく曲流しているあたりから対岸の野山まで、うちわたしてみえる広い眺めがあり、じっと見ていると骨まで洗われるような清爽《せいそう》な感じだった。しかしそうして日の経《た》つうちに、まわりの人足たちが反感のある眼でこちらを見るのに伝三郎は気がついた。はじめのうちかれらが「あれはお武家だそうな」とか「どこかの浪人だとよ」などと囁《ささや》くのを聞いた、こっちは別だん気にもとめずにいたのだが、しだいにようすが変ってゆき、時にはあからさまに意地の悪い態度を示す者さえでてきた。

――かれらはなにが気にいらないのだ、おれは武士という体面を捨て、できる限り対等につきあっている、いったいどこがそんなにかれらの反感を唆《そそ》るのか。

まるで理由がわからないだけよけいに癇《かん》も立った。すると或《あ》る日、十時の小休みのときであったが、四半刻《しはんとき》という休みの時間が終って、かれが仕事にかかろうとすると、人足のひとりが寝そべったままで「もうお始めですかい」と声をかけた、「……そんなに精を出しても日雇賃の割増しが出るわけじゃありませんぜ」そしてそれといっしょに四五人の者が笑いだした。伝三郎は聞かぬふりをして、そのまませっせと鍬を揮《ふる》いだした。

「お武家だろうとなんだろうと」そう云《い》う声が聞えた、「……こちとらの仲間へはいれば同じ人足だ、日傭《ひようと》取りなら日傭取りらしくするがいいじゃあねえか」

伝三郎は堪りかねてふり向いた。

「失礼だがそれは拙者のことか」

「お耳に入りましたかね」その男は寝そべったままにやりとした、「……内証ばなしなんで、お耳に入ったらご勘弁を願いますよ、しかしねえお武家さん、あなたもどうせ日傭取りをなさるんなら、あっし共と同じようになすって下さらなくちゃあいけませんぜ」

「拙者はできるだけそうしようと思っている、いったいどこが貴公たちの気にいらんのか」伝三郎はできるだけしずかにそう云った。

「なにたいしたことじゃありません、弁当の休みや小休みのときに、あっし共と同じように休んで下さればいいんでさ、お独りだけ精を出して貰《もら》わねえようにね」

「しかし拙者は定《きま》りだけ休んでいる、弁当のときは半刻、小休みは四半刻、定りだけちゃんと休んでいる筈だ」

「その定りが困るのさ」と別の男が云った、「……酒の一杯も呑《の》めば消えちまうような日雇稼《かせ》ぎのあっし共には、弁当休み小休みのときにちっとずつでもよけい休むのがまあ役得の一つになっているんだ、それをおまえさん独りにそう稼がれると親方の眼につく、しぜんあっし共がにらまれてせっかくの役得がふいになる勘定だ、戦場でもぬけ駆けは御法度《ごはっと》だそうじゃあございませんか、お願い申しますぜ」

伝三郎には答える言葉はなかった、かれは黙って向き直り、崖の斜面へ力をこめて鍬を打ちおろした。なにも聞くな、そう思った。考えてはいけない、かれらには好きなように云わせるがよい、我慢だ、我慢だ。けんめいに自分を抑えつけて、かれはただ鍬を揮うことに身も心もうちこんでいた。

午《ひる》の弁当のときには、かれは普請場から離れて丘ふところの叢林《そうりん》のほうへいって休んだ。その日もよく晴れあがって、林の中ではしきりに鶫《つぐみ》の声がしていた、かれはその鳴声にさそわれてふとその林へはいってみた。楢《なら》や栗《くり》や黄櫨《こうろ》などは、もう殆《ほと》んど裸になっていたが、残っている葉のなかには眼のさめるほど美しいもみじしたのがあり、差交わした梢《こずえ》のあたりで鳥が立つと、色とりどりの葉がうちまけるように散ってみごとだった。……林になっているのは僅かな区域で、少しさきにはもう畑がみえていた、しかしいかにも静かで、踏んでゆく足の下からは日に温ためられた枯葉の匂《にお》いがあまく匂ってくる、――自然はこんなに美しいのに、こんなにも自然は美しいのに、人間は……考えはまた元へかえろうとする、伝三郎は慌《あわ》てて頭をうち振った。そしてふと見あげた眼に珍しいものをみつけた、一丈ばかりの高さの黄櫨の木に、山葡萄《やまぶどう》が絡《から》みついていたのである、蔓《つる》はその枝いっぱいに絡んで、黝《くろ》ずんだ紫色の実が群がるように生《な》っている、もう幾たびか霜にうたれたのだろう、小さな果皮が縮んで粉をふいているのもあった。

「なつかしいな」伝三郎は口のうちでそう呟《つぶや》いた、「……新庄でも今ごろになるとよく山へこれを摘みにいったものだったが」

望郷の想《おも》いが湯のように胸へこみあげてきた、その想いに唆られて、かれは山葡萄の蔓へ手を伸ばした。そのときである。林の向うの畑地から、「山を荒すじゃねえぞ」という棘《とげ》とげしい叫びごえが聞えてきた。ふり返ってみると、二十ばかりになる百姓の娘が、ひどく尖《とが》った眼つきでこっちを睨《にら》んでいた。――山を荒す、言葉があまり烈《はげ》しいので、伝三郎ははじめ自分のこととは思えなかった、娘は血色のいい頰をふくらせ、なにかを叩《たた》きつけるような調子で呶鳴《どな》った。

「そこらへ入って山を荒すじゃねえ、ここはおらんちの山だ、むやみに入って荒すと承知しねえから」

　それは人間の貪欲をむきだしにしたような声つき表情だった、しかもまだ若いとしごろの娘である、伝三郎は思わず前へ一歩出た。

「拙者はここで山葡萄をみつけた、一粒二粒これを摘もうとしたのだが、それもいけないのか」

「山を荒すなと云ってるだ」娘はおっかぶせるように罵《ののし》った、「……ここはおらんちの山だ、出てゆかねえと人を呼ぶだぞ」

　伝三郎は頭《こうべ》を垂れた。

八

　老人が昌覚寺の稽古《けいこ》から帰ったのは日のとぼとぼ昏《く》れだった。家の中へはいるといねが待ちかねていたようにとんで来た。顔色が変っていたし声もおろおろと震えていた、そして今にも泣きそうな声で囁いた。

「宗方《むなかた》さまがお立ちになると仰《おっ》しゃいます」

「……どうかなすったのか」

「なんにもわけは仰しゃいません」いねは唇を嚙《か》みしめた、「……でも、なにかたいそうお辛《つら》いことにお遭いなすったのだと思います、こんどこそなにもかも諦《あきら》めたとお云《い》いなさいました」

「だからといっておまえが泣くことはないだろう」

「でもお祖父さま、いいねにはあの方がお気のどくでならないのですよ、本当になんといっていいかお気のどくで……」

老人は黙って居間へはいったが暫《しばら》くすると出て来て、伝三郎のいる部屋を訪れた、かれはちょうど支度をして袴《はかま》を穿《は》いているところだった、そして老人を見ると面を伏せ、手早く紐《ひも》を結んでそこへ坐《すわ》った。

「お立ちだそうでございますが」老人は坐りながらしずかにそう訊《き》いた、「……なにか間違い事でもあったのでございますか」

「なにもかも敗北です」伝三郎はおのれの膝《ひざ》をみつめたまま云った、「……できるだけは辛抱してみたのですが、やっぱり拙者には続きませんでした、ご親切にはお礼の申しようもありません、ご老人にもいいねどのにもまことに相済まぬしだいですが、わたくしはやはり山へはいります」

「それをお止めは致しません、そうしたいと仰しゃるならお好きなようになさいまし、しかしなにもかも敗北ということにお考え違いはございませんか、もう辛抱が続かないということに思い過しはございませんか」

「聞いて頂けばおわかり下さろうと存じます」

かれは面をあげて語りだした。柏屋《かしわや》の手代のこと、人足たちのこと、山葡萄を摘むことさえゆるさなかった娘のことなど、……話すうちにも新しく怒りがこみあげてきて、身が震え、声がよろめいた。

「わたくしにはできません、手ごころをして弱い草鞋《わらじ》を作ることも、人足たちといっしょに役得の時間を偸《ぬす》むことも、わたくしにはどうしてもできないことです」かれは両の拳《こぶし》をぎゅっと握りしめた、「……この村をとり巻いている山々や森や、丘や草原の清浄な美しさ、明け昏れの静かさ、風光も人間も、汚《けが》れのない淳朴《じゅんぼく》な土地だと思っていましたが、やっぱりだめです、自然が恵んで呉《く》れる一粒の山葡萄をさえ惜しむ、あの貪欲《どんよく》な娘の眼をごらんになったら、ご老人はどのようにお考えなさるでしょうか、もうたくさんです、わたくしにはこういう汚れはてた世間に生きてゆく力はありません、たくさんです……」

老人は頷《うなず》き頷き聴いていた、そして伝三郎の言葉が終ると、暫く眼をつむってなにか考え耽《ふけ》っていたが、やがていつもの淡々とした調子で、「よくわかりました」と云いだした。

「世間が汚れはてている、卑賤《ひせん》で欺瞞《ぎまん》に充《み》ちているからつきあえない、だから見棄《みす》ててゆく……こう仰しゃるのですね」老人はそこでしずかに眼をあげた、「……よくわかりました、しかしこの老人にわからないことが一つあります、それはあなたご自身のことです、あなたは此処《ここ》へいらしって数日後に身の上話をなすった、家中の方々の多くが御都合主義である、清廉《せいれん》でない、御老臣は節を変ずる、江戸へ出れば世の中は無恥《むち》で卑《いや》しい、悪徳が横行してどこにも誠実はない、……そのようにお話しなすった、しかしいちどもご自分が悪いという言葉はございませんでした」老人はそこで口を閉じ、暫く黙って眼をつむっていた、「……今この村へいらしってからの事も、柏屋の手代とか、人夫の狡猾《こうかつ》、百姓の娘の貪欲などをお挙げなさるが、ひと言もおのれが悪いということは仰しゃらぬようだ、宗方どの、こなたそれでは済みますまいぞ」

しずかに瞠《みひら》いた老人の眼は、そのとき鋭い光りを帯びて伝三郎の面をひたと衝《つ》いた、「こなたは世間を汚らわしい卑賤なものだと云われる、しかし世間というものはこなた自身から始るのだ、世間がもし汚らわしく卑賤なものなら、その責任の一半はすなわち宗方どのにもある、世間というものが人間の集りである以上、おのれの責任でないと云える人間は一人もない筈《はず》だ、世間の卑賤を挙げるまえに、こなたはまず自分の頭を下げなければなるまい、すべてはそこから始るのだ」

それはまるで頭上から一刀、ずんと斬《き》り下げられた感じだった、伝二郎は五躰《ごたい》が竦《すく》み、そのまま奈落《ならく》へ転落するように思えた。

「廉直、正真は人に求めるものではない」と老人は少し間をおいて続けた、「……そこにある文机《ふづくえ》をごらんなさい、三十余年も使っているがまだ一分の狂いもない、おそらく名もない職人が僅《わず》かな賃銀で作ったものであろう、その賃銀は失《う》せ職人は死んでしまったかも知れない、だが机は一分の狂いもなく、このように今もなお役立っている、……真実とはこれを指すのだ、現にあなたも往復三十里の山道を穿きとおせる草鞋を作った、そこに真実があるのではないか、こういう見えざる真実が世の中の楔《くさび》になってゆく、ひとに求める必要がどこにあるか、問題はまずあなただ、自分が責めを果しているかどうか、そこからすべてが始るのだ……」

九

老人の言葉はそこで終った。――そういう見えざる真実が世の中の楔になってゆく、そのひと言は、千斤《せんきん》の巌《いわお》の落ちかかるように伝三郎をうちのめした。……しかし老人の言葉の終るのを待っていたのであろう、伝三郎が面をあげたとき、障子の向うでいいねの声がした。

「……ごめん下さいまし、宗方さまへお客来でございます」

伝三郎は夢から醒《さ》めたようにふり返った、自分に客とは、柏屋からか、それとも道《みち》普《ぶ》請《しん》の人足建場《たてば》からか、かれはそのどちらかであろうと思い、老人に会釈《えしやく》をして座を立った。しかし出てみると、もう暗くなった門口にいたのは、みなれない旅装の若い武士であった。

「拙者が宗方ですが、なにか御用ですか」

「おおやっぱり宗方」若い武士は声をあげながら前へ進み出た、「……たぶん間違いないとは思ったがやっぱりそこもとだったか、ずいぶん捜しまわったぞ」

「そこもとは杉田《すぎた》うじか」伝三郎はあっけにとられた。

「杉田五郎兵衛《ごろべえ》だ、しばらくだった」

「どうして、どうして此処へ」

「まずおあげ申したがようございましょう」いつか老人がうしろへ来ていてそう注意した、「……いね、お洗足《せんぞく》をとって差上げるがよい」

いねが世話をして洗足をとると、客は老人に会釈して伝三郎の部屋へとおった。かれは杉田五郎兵衛といって、新庄《しんじよう》藩での同僚のひとりである、しかしなんのために自分を尋ねて来たのか、どうしてこんな山里の住居が知れたのか、伝三郎にはまるで見当がつかなかった。

「お召し返しなのだ」五郎兵衛は座に就くとすぐそう云った、「……お世継ぎの事で退身した者が、そこもとのほかに五名あった、その六人に対して、内記正庸さまから、食禄《しょくろく》もと通り帰参せよとの御意《ぎょい》がさがったのだ、ほかの五人は昨年うちにみな帰参している、残っているのはそこもとひとりなのだ、すぐにも新庄へ帰らなければなるまいぞ」

「だがいったいどうして、いったいそこもとはどうしてこんな山家《やまが》を尋ね当てることができたのか」

「そこもとは草鞋を作ったであろう」五郎兵衛は笑いながら云った、「……その草鞋が案内をして呉れたのだ」

「草鞋が案内をしたとは」

「袋井と申す宿《しゅく》で草鞋を買った、穿《は》き心地にどこか覚えがあるのでよくみると、故郷の新庄でわれわれの作る武家草鞋だ、緒付けも耳の具合もまさしく違いない、そこで茶店へ戻《もど》って問屋を尋ね、二俣《ふたまた》の柏屋からこの家を教えられて来たのだ」

ああという伝三郎の声に続いて、老人がそこへはいって来ながらこう云った。

「宗方どの、草鞋がものを云いましたな」

名人

柴田錬三郎

柴田錬三郎（しばた・れんざぶろう）

一九一七年、岡山県生れ。慶應義塾大学支那文学科卒業。在学中より「三田文学」に現代ものの短編を発表。戦後、「書評」の編集長を経て、創作に専念。五一年、『イエスの裔』で直木賞を受賞。以後、時代小説中心に創作し、五六年より連載開始の『眠狂四郎無頼控』は、一大ブームとなった。主な作品に『剣は知っていた』『赤い影法師』『運命峠』『御家人斬九郎』『剣鬼』『決闘者　宮本武蔵』等。七八年死去。

一

わしは、弘化三年十月十八日、備前岡山城下下之町の古ぼけた刀屋の中二階で、生れた。英雄豪傑が、生誕するような前ぶれをやったわけではない。

なんとなく、母親の腹がふくれて、生れ出たにすぎぬ。三歳頃までは、むやみに泣きさけぶ餓鬼《がき》であったようだ。わし自身の記憶にはない。

父親も母親も、好人物であったが、祖母が足軽の家の出のくせに、武家作法をことごとく身につけたような顔をして、せっせと、わしを教育してくれた。教育というよりも、折檻《せっかん》と云《い》った方が正しかろう。祖母を思い出すことは、土蔵を思い出すことである。三日に一度は、窮命のために、土蔵へ突き込まれた。戸前に、がちゃりと錠がおろされる——あの音が、今でも耳の底にある。

左様、大いに腕白小僧であった。

八歳。熟すまでは登ってはならぬ、と祖母から厳禁されていた柿《かき》の木にのぼって、あやまって、足をふみすべらせて、落ちた。

悶絶《もんぜつ》したが、あたりに人影はなかった。息をふきかえした瞬間、股間《こかん》から衝《つ》きあげて来る激痛に、思わず、野良犬《のらいぬ》のように、ほえた。ちんぽが竹で串刺《くしざ》しにされていたのである。刀とぎに使う簓《ささら》を作るために、こまかく割った竹をかわかしてあった——その筵《むしろ》の上へ、落ちたのである。

おかげで、わしの一物は、成長するにつれて、いびつな形になった。それが、女子をよろこばせることになろうとは、八歳の餓鬼に予想できる道理もない。

かけつけて来た母親は、腰を抜かしたが、祖母が泰然として、竹をさっと抜きとってくれたのは、流石《さすが》であった。

寺子屋に通いはじめたが、帰って来た時は常に墨まみれであった。文字通り、飯よりも喧嘩《けんか》が好きであった。

某日、父親が出入りしている御家老伊木三猿斎《いぎさんえんさい》殿の外孫にあたる馬廻り役の倅《せがれ》と乱闘して、額をぶち割ってくれた。その倅は、わしより四つも年長であり、日頃腕力を自慢して居《お》ったので、勝って意気揚々として、家へ帰った。その結果、激怒した父親に、えりくびをひん摑《つか》まれて、土蔵へぶち込まれた。父親に、土蔵へ入れられたのは、はじめてであった。

翌日、父親は、わしをつれて、御家老邸へ詫《わ》びに行った。

伊木三猿斎殿は、陪臣乍《なが》ら禄高《ろくだか》三万石、執政の首座として、小藩の大名も及ばぬ勢力を有《も》っていた。名は忠澄、長門と称した。三猿斎はその号で、六十に近かったが、壮者をしのぐ矍鑠《かくしゃく》ぶりで、池田藩勤王の中心人物であったそうな。

古武士の風格は、面《つら》だけで、実際は話せる風流人で、美術を愛し、茶道の奥義《おうぎ》をきわめ、自ら手づくねの茶碗《ちゃわん》など焼いていたらしい。

父親は、わしを下座に据えて、頭を下げさせようとしたが、わしは、起上り小法師《こぼし》のように、いくら頭を押しつけられても、また、むくっと擡《もた》げてやった。

「ほう、なかなか負けぬ気のわっぱとみえるの」

三猿斎殿が、笑った。わしは、大声で、

「御家老様、喧嘩は両成敗ときいとりますがな。わしだけ頭を下げるのは、へ、へ、へ、なんぼうにも、癪《しゃく》じゃあが！」

と、云ってやった。

「そうであったな。頭を下げずともよいぞ。何歳になる！」

「十二ですら」

「昨日一日、土蔵にとじこめられていたそうなが、泣かなんだか？」

わしは、そう問われて、にやっとすると、父親が狼狽《ろうばい》するのをしりめにかけて、す

るすると、進み寄って、

「これを作りましたぞな」

と、懐中から、鬼の面を木彫りにした根附《ねつけ》をとり出して、さし出してやった。三猿斎殿は、掌《てのひら》にのせて、眺めたが、

「まことに、お前が作ったのか？」

「うん、作りましたぞな」

「藤五郎、お前は、途方もない倅を持ったの」

父親は、御家老から、根附を渡されて、怪訝《けげん》そうに首をひねった。どうにも、もてあましている腕白餓鬼に、こんな特技があろうなどとは、納得しかねた風であった。

三猿斎殿は、わしが金彫りもやりたい、と申出ると、地金をくれる故《ゆえ》、目貫《めぬき》を彫ってみるがよい、と云ってくれた。わしが、ぷっつりと、喧嘩を止《や》めたのは、その日からであった。

出来上った目貫を、わしは一人で、御家老邸へ持参した。三猿斎殿は、一瞥《いちべつ》して、

「うむ、見事な出来ばえだ」

と、ほめてくれたが、わしは、かぶりを振って、

「駄刀《だがたな》で彫りましたから、気に入りませんのじゃ」

と、こたえた。

「刀の良い悪いが、もうお前にも判《わか》るか?」

「判りますらあ」

「よし。では、日本一の名刀を、お前に観《み》せてつかわす」

「ほんまかな?」

わしは、胸がおどった。

三猿斎殿が、わしをつれて行ったのは、仲買町の大分限者《ぶげんじゃ》、河本立軒という旧家であった。途《みち》すがら、三猿斎殿は、それが、どんな名刀であるか、説明してくれた。

岡山城下に、最も旧家であることを誇る家が、二軒ある。児島町の天野家と、仲買町の河本家であった。

天野家には、家宝として、名刀藤四郎吉光があり、虫干の日には、これを観る者が蝟集《いしゅう》した。競争相手の河本家の当主立軒は、これがくやしくてたまらず、如何《いか》な手段をとっても、藤四郎吉光を手に入れたいと念願した。

もとより、地方に、そのような名刀がある筈《はず》もなかった。河本立軒は、ある年、江戸へ出て、本阿弥《ほんあみ》家へ行き、代金をいとわずに求めたい、と依頼した。本阿弥家から、通報があったのは、それから五年後であった。

出て来たのは「骨食藤四郎《こつじき》」と、名物帳に記載されている吉光在銘の短剣であった。本阿弥の手紙には、吉光の短剣は、三百両前後が相場であるが、この「骨食藤四郎」は、はじめ千利休が所持し、のち木村長門守重成《ながとのかみしげなり》の佩刀《はいとう》となった名品で、利休が製《つく》った金襴《きんらん》織込みの錦《にしき》袋に納めてあり、折紙も由来書もまさしく真物である故、千両という高値であるが、いかがであろうか、と問い合せてあった。

立軒は、狂喜して、即座に、千両で買うことにした。天野家の家宝は、吉光在銘だが、べつに、名物帳に載っていたわけではなかったのである。

藩主池田家には、天下の名作として三振《ふり》があった。「大包平《かねひら》」と「毛利藤四郎」と「浮田志津」であった。

当時、諸国古鍛冶《こかじ》の上々作といえば、藤四郎吉光、五郎入道正宗、郷義弘、三条小鍛冶宗近、という順序であった。

河本立軒は、藩主が所持する「毛利藤四郎」と比肩《ひけん》する「骨食藤四郎」を入手したわけであった。

三猿斎殿は、すでに、その名作を観ていた。

わしは、刀屋に生れて、刀の中で育った小倅であった。河本家の座敷で、その白刃《はくじん》を、持たされた時、思わず知らず、手が顫《ふる》えた。後年、わしは、日誌に「その結構なること骨髄に徹し、未《いま》だ曾《かつ》て忘るることなし」と書いた。

　わしは、自慢たらしいことは、云いたくない。しかし、やったことを、かくす必要もあるまい。

二

　わしは、日本一の刀工になってやろうと、ほぞをきめると、まず、剣技をみがくことと、鑑定《めきき》に精を出すことにした。わしが入門したのは、直心《じきしん》影流阿部右源次殿の道場であった。

　阿部右源次殿は、江戸浅草の生れで、長沼庄兵衛の高弟であった。当時、各流の代表者――鏡心明智《めいち》流の桃井春蔵、神道無念流の斎藤歓之助、北辰《ほくしん》一刀流の千葉栄次郎などとともに、並び称された麒麟《きりん》児であった。

　直心影流は、心気を神に近い境に置く流儀である。十二三歳の小僧が、よくその境に入るわけもない。わしは、常に、一撃で、撃ち倒されて、しばらくは死んだようになっていた。師は、小僧と雖《いえど》も、決して容赦をしてくれなかった。

　剣を学ぶかたわら、弓術も砲術も柔術も学んでやった。

　わしは、兵法を学ぶうちに、日本一の刀工になるには、真剣勝負をして、生きた人間を——それも、闘魂のたぎり立った人間を斬《き》ってみないことには、刃味《あじ》というものは判るものではない、と考えるようになった。

その機会をつかむためには、ぬるま湯のような岡山城下で、くらして居《お》っては駄目だ、と思った。

十五歳の誕生日の朝、わしは、置手紙をしておいて、父親の有金をぜんぶぬすんで、家を出た。万延元年であった。

わしは、まっすぐに、大阪に出た。しかし、新刀鍛冶の輩出した大阪にも、相伝の鍛法をもって名のあるのは、月山貞一《がっさんさだかず》だけであった。その月山貞一も、まだ二十五歳の若年ときいて、わしは、門をくぐる気にはなれなんだ。

わしは、わざと、鞘師《さやし》として一流の家へ草鞋《わらじ》をぬいでやった。ところが、一月も経《た》たないうちに、わしは、失望してしまった。鞘師は、タガヤサンの目荒し、というのを秘伝としている、ときいていたが、職人気質というやつで、絶対に、その術を内弟子にも教えないのだ。弟子が睡《ねむ》り入った夜更《よふ》けに、そっと起き出てやる。わしは、ある夜、そっと牀《とこ》を抜け出して、鞘師の秘術というやつを、窺《うかが》ってやった。あきれかえった。縫針を束にして、木地を、ちょんちょん突ついているだけではないか。翌朝、わしはさっさと、荷を背負って、鞘師の家を出ていた。

それから、二年ばかり、放浪がつづく。諸国の名のある刀鍛冶を尋ねあるいてみたが、わしを敬服させるような人物は居らなんだ。どの刀鍛冶も、人間くさい奴《やつ》ばかりだった。わしは、狂人と紙一重の天才をさがしてあるいたのだ。

江戸の水心子《すいしんし》一門が、天下を制覇したような勢いだったが、会ってみると、俗物ぞろいだった。

文久二年春、わしは、京へ入った。和宮様《かずのみや》のご降嫁《こうか》があって、世の中が、ちょっとおちついたかにみえていた。

京には、南海太郎朝尊《ともたか》と、尾崎長門守正隆という二人の名匠が居った。ところが、南海太郎は、華やかな刀だが、まるっきり斬れぬ、という噂《うわさ》であった。長門守の方は、古備前伝の鍛法をつたえて、新々刀では一番ときいていたので、わしは、嵯峨野《さがの》の住居をたずねて行った。

弟子にしてくれ、というたのみを、長門守は、にべもなくはねつけた。その傲慢《ごうまん》な態度が、わしには、おもしろかったので、日参した。

七日目に、長門守は、小うるさそうに、

「鞴《ふいご》が吹けるか？」

と、訊《き》いた。

わしは、さっさと、鞴の前に坐《すわ》った。

鞴の吹きかたには、コツがある。実際にやった経験がなければ、できるものではない。素人《しろうと》は、押す時に、函《はこ》のむこうへ突き当ててしまう。そうすると、引き調子に狂いが生じる。突き当てぬように、函先一寸ばかりのところから、すっと引き出さねばならぬ。突き調子と引き調子が一定しなければ、まことの火加減にならぬのだ。

長門守は、わしの鞴の吹き方を視《み》て、頷《うなず》き、あらためて、

「お前が、もし極意竊《ぬす》みで弟子入りしたことが判れば、即刻、斬りすてるから、その覚悟をして居れ」

と、釘《くぎ》を打って、入門を許してくれた。

由来、刀鍛冶は、秘伝というものを、大層尊ぶ。倅にさえも、容易に伝えぬものだ。刀鍛冶に云わせると、相伝の鍛法を正しく伝えるためには、伝授を荘厳《そうごん》なものとし、これによって醇乎《じゅんこ》たる秘法による名刀ができるそうだが、わしの経験によると、秘伝などというやつは、ろくなものではない。いや、これは云いすぎになった。秘伝は、知る必要がない、というのではない。知る必要はある。しかし、金科玉条ではないのだ。知ってみれば、大したことじゃない。問題は、それを生かす腕が、こっちにあるかないか、ということだ。

長門守は、内弟子を許すと、わしに、ものものしい神文を誓わせた。

神文誓詞

今度備前一流之系図且《かつ》鍛刀等之事
御相伝被下《くだされ》　忝《かたじけなく》　奉　存《ぞんじたてまつり》　候《そうろう》　然　上者《しかるうえは》御流儀之事
譬《たとえ》親子兄弟江《え》茂《も》決而《けっして》相伝之趣堅口外　仕《つかまつる》　間敷《まじき》者也《なり》若《もし》於相背者
当《まさに》　蒙《こうむる》　日本国中大小神祇《じんぎ》之冥罰《みょうばつ》者也

まことに、ばからしい話だが、ひとつの秘伝を学ぶにも数年を要する、とおどしておいて、なにやら神秘めかしてしまうのが、奥義というやつなのだ。

長門守は、まず、わしに、地金を呉《く》れて、短刀を一振り打たせた。出来上りは、まずまずのしろもので、長門守は、口にこそ出さなかったが、見込みはあると思ったらしい。

わしは、生来、一事に熱中すると、わき目もふらずに、食いついて離れぬ気象を持っている。見おぼえ、聞きおぼえたことは、金輪際忘れぬ。気負いたった十七歳の若者が、何かにとり憑《つ》かれたように、うち込んだのだ。技が上達せぬ筈がなかろう。

長門守も、わしの一心不乱ぶりには、感心したようだ。しかし、技は、一向に教えてくれる気配もなかった。

たまさかの説法は、おのが自慢ばかりであった。

わしが、新刀と古刀とを比べると、一目瞭然《りようぜん》と判るほど、地金の色がちがっている、新刀には古刀に看《み》るような潤《うるお》いがないのは、何故《なぜ》か、ときくと、長門守は、待っていたとばかり、とうとうと説いてきかせたものだった。

「それは、鋼《はがね》がちがうからじゃ。慶長《けいちよう》以後の鋼が、出雲伯耆《いずもほうき》地方から出る玉鋼ばかり用うようになってから、新刀は色も潤いも失い居《お》ったのじゃな。刀の鋼は、雲伯の玉鋼にかぎる、と思い込んでいる。これが、大まちがいじゃ。古刀は、玉鋼で作って居らぬ。古刀の製法は、卸《おろ》し鉄《がね》の方法による。この発見は、天下広しと雖も、この長門守ただ一人じゃ。……むかしは、鉱山から出る鉄は、なみ銑《せん》ばかりであった。したがって、刀鍛冶は、おのれで銑を吹き卸して鋼にし、鍛えたものじゃ。弘長、文永頃の鎌倉鍛冶に至るまでは、卸し鍛えの方法よりすべがなかった。応永以後、銑、鋼、鍒《くろがね》ともに、鉱山から製して出すようになった。量が多くなったが、質は落ちた。良鋼が出来る道理がない。……よいかな。当今の刀鍛冶は、なまけ者になり居ったのじゃ。山から出る鋼を、そのまま用いれば、卸しの面倒がはぶける。銑をおのれで吹き卸すのは剛柔過不及の加減がむつかしく、よほどの熟練と忍耐を要する。当今の刀鍛冶の能《よ》く為《な》し得る技ではない。古刀の大出来に及ぶべくもあるまい。……日本中で、今日、卸し鍛えをやって居るのは、唯《ただ》一人、この長門守ばかりじゃ」

しかし、長門守は、卸し鍛えの秘法は、全く教えてくれようとはせなんだ。

そこで、わしは、自身で、苦心さんたんすることになった。

銑卸しには、羽口下《はぐちした》を浅くし、一度で卸《お》りなければ、繰りかえさなければならぬことぐらい、わしも知っていた。ところが、その繰りかえしが、古刀に観る照《てり》を失う、ということとは、一年余の失敗の連続の後に、判《わか》った。

火床の底に水を打てば軟になり、逆に硬くしたい時には湿気は禁物であるとか、湿気が多い火床は、下に甕《かめ》を伏せるとよい、とか、卸りてしまったものの取扱いには、五六分間火床の中にそのまま置く方法と、羽口上にまで持って来て静置する二つの方法があるとか——そんなコツは、口で教えれば、即座に納得できることだ。長門守は、そのコツを、わしに、何ひとつ教えようとせなんだ。

——修行とは、こんなものではない。技という技、コツというコツを、悉《ことごと》くのみ込んだ上で、古刀に迫る美しさを、どうすれば出せるか工夫することだ！

わしは、一夜、憤然となって、おのれに叫んだ。

将を射んとすれば、まず、馬を射なければならぬ。わしは、それまで目もくれなかった馬へ目を向けた。すなわち、長門守の一人娘の千津であった。

わしよりひとつ年上であったが、胸も腰も肉附きがおくれていて、放浪のあいだに幾人もの成熟した女の味を知っていたわしには、さっぱり魅力がなかった。わしは、もう五尺七寸、十九貫の体格を有《も》っていて、二十歳以下には見られなかった。いつも、歯痛でも起しているように、俯向《うつむ》いてばかり居って、笑い声をきかせたこともない千津のような娘は、わしの最も性に合わぬあいてだった。しかし、これを馬と看なせば、恰好《かっこう》の贄《にえ》である。

某日、わしは、いきなり、千津をつかまえて、屋敷の裏手の炭小屋へひきずり込み、うむを云《い》わせず、犯してくれた。肉も薄く、骨も細い千津にとっては、よほどの拷問《ごうもん》であったらしい。血を拭《ふ》く力も失《う》せて、死んだように、ぐったりとなって居った。わしは、翌日、長門守の前にかしこまって、千津と将来夫婦になりたいと申出た。

頬桁《ほおげた》を二つ三つ張りとばされるのは覚悟していたが、長門守は、千津を呼んで相思の有無をたしかめると、あっさりと、許してくれた。まず馬を射た。しかし、将の方は、どうして、なかなか、射られてはくれなかった。

半年経《た》ち、一年過ぎたが、わしがそれとなく、将来の聟《むこ》に、ひとつずつ秘伝を授けるべきであろう、と水を向けるのに対して、長門守の気色《きしょく》は、依然として、屁《へ》もひっかけてくれそうもなかった。

こうなれば、やむを得なかった。わしは、非常の手段をえらぶことにした。その前に、述べておくが、鍛刀術には、およそ、十数種の秘伝をつみかさねることだが、その中でも、最も、刀匠が、苦心するところは、焼刃《やきば》渡《わた》しだ。焼刃には、三流あると心得ねばならぬ。

刃の模様は、深く塗り、焼きの火加減をいたって薄くして、至極に小出来となることを好む一流がある。これは、備前備中の薬焼きに限る。また、直刃《すぐは》乱刃《みだれば》ともに、色々の模様を塗って、その模様そのままに刃となるように焼く一流がある。これは、往古から今日に至るまで、諸国にあるわざだ。三番めに、土は、細直刃に塗るが、火が強く、広直刃に焼き崩さんとする一流がある。相州正宗をはじめ、関東、北国ものによく観られるところだ。

いったい、刃には、八つの景様《けいよう》がある。八の曲ともいう。一に柾目《まさめ》、板目の肌鍛えだ。二に焼刃、大乱れ小乱れ、丁子、菊水、玉半月などだ。三に荒錵《あらにえ》小錵匂《にお》い、四に彩移、五に鍡崩《ろうくず》し、稲妻、六に樋《ひ》ならびにいろいろの彫物、七に菖蒲《しょうぶ》造り、冠《かんむり》落し、八に中心《なかご》雉子股《きじまた》、幣形《へいがた》、瓢箪《ひょうたん》、目貫穴、毛抜形などだ。こういう景様をつくるにも、それぞれコツがある。

なに、教えてくれれば、即座にのみ込むものを、師匠たる奴は、なにからなにまで、厳秘にふし居る。

わしは、ほかの秘伝は、どうでもよいから、焼刃渡しだけは、長門守の術を知っておきたかった。

焼刃の火色——こいつは、経験しなければ絶対に会得《えとく》できぬ。はじめすこし焼いた時は赤黒い、つまり小豆色だ。その上に、すこし焼くと蘇枋色《すおういろ》、それから柿色《かきいろ》、さらにその上に焼く時は白くなって、焼きすぎ、鉄の沸《にえ》に近くなる。こういう火色は、口《く》伝《でん》によるほかはないのだ。相州伝に、夏の夜の月の出の如《ごと》き色、などという口伝があるが、こういう心得は、一人で苦心しても、月日の無駄だ。

長門守は、焼刃渡しをする時、必ず夜陰深更をえらんだ。家の者たちが、のこらず寝しずまった頃、そっと、床をぬけ出して、細工場へ出て、やり居った。

わしは、千津に命じて、細工場の羽目板に、孔《あな》をくりぬかせ、千津に見張らせておいて、長門守の焼刃渡しを、七夜にわたって、ぬすんでくれた。わしは、たちまち、備前伝の焼刃を渡す心得は、直刃乱刃ともに、帽子の返りが深くなりかねる程に、火薄に焼くことを知った。

焼刃が鎬際《しのぎぎわ》まで深いものは、火薄では出来ぬ。同じ匂い出来でも、火取りが強いことによって、帽子の返りも自然に深くなるものだ。しかし、火取りが強い故《ゆえ》に、鍛えがゆるんで刃味がすくなくなる。但《ただ》し、刃味は、鉄性によるとはいえ、刀剣は刃の模様の深浅によって、良くも悪くも見える。火薄がコツである。尤《もっと》も、火取りが薄いために、刀の腰が弱くなる。そこで、腰を強くするために、鎬際に、土を塗らずに、焼くのだ。

長門守が、そうやって、焼くのを視《み》とどけて、わしは、成程そうかと合点したものだった。

さて、焼刃渡しは、会得《えとく》したものの、それだけでは、一流刀匠になれはせぬ。御室《おむろ》、嵯峨野、嵐山《あらしやま》が花盛りになり、一日、一家そろって花見に出かけることになるや、わしは、しめたと内心叫んだ。

その朝は、わしは、床の中で、七転八倒の苦悶《くもん》のていを演じ、千津を介抱役に、二人だけ、のこった。

皆が、桜の下でうかれはじめた頃、わしは、むっくり起き上って、千津に、親爺《おやじ》が秘蔵する新古の文書を、全部もって来い、と命じた。

千津は、顔色を変えて、顫《ふる》えたが、女という奴は、惚《ほ》れた男のためには、どんな危険でも冒す度胸をきめるものだ。

わしは、膝《ひざ》の前へ、長門守が自得の備前伝をはじめ、相州伝、山城伝の秘書、伝書をひろげて、胸をおどらせた。

片っぱしから、読みちらしておいて、こんどは、細工場にふみ込んだ。わしは、そこに、さまざまの性《さが》を異にした地金が、区分けして貯《たくわ》えてあることを知っていたのだ。

夕刻、わしは、鍛刀の極意をことごとく、脳中へぶち込んだという自信を得た。

それから、十日後、わしは、一振りの短刀を打ち上げた。

十二歳の時、三猿斎殿によって観《み》せられた「骨食藤四郎」と、一分一厘もちがわぬしろものを打ち上げてやったのだ。そして、黙って、長門守にさし出した。

長門守は、受けとって、怪訝《けげん》そうに、

「お前は、こんな古刀を持っていたのか？」

と、訊《き》いた。わしは、心中にやりとすると、

「わたくしが、打ち上げました」

と、こたえてやった。

「お前が!?」

長門守は、信じられぬ表情をした。

どう眺めても、その短刀は、古刀の金味、焼刃——つまり、柾目鍛えであったのだ。

長門守は、わしを睨《にら》んだ。

「嘘《うそ》をついているのではないな？」

「お疑いなら、これと同じものを、もう一振り打ち上げてごらんに入れます」

「……」

長門守は、それを鞘《さや》に納めると、無言で、わしに返した。

それから、半年後——、千津の腹が、目立ってせり出して来た頃、某夜、わしの姿は、長門守家から忽然《こつぜん》として、消えた。

三

元治元年秋、わしは、飄然《ひょうぜん》と故郷岡山へ帰って来た。父親は、わしの無断出奔を、一言も咎《とが》めなかった。

「何をしとった？」

と、問われて、

「あっちをぶらぶら、こっちをぶらぶらしとった」

と、こたえると、

「目つきだけは一人前になったのう」

と、笑った。

十九歳のわしは、もう二十五六歳にみえた。嫁取りの話が、持ち込まれたが、わしは、その前にしなければならぬことがあった。新刀を一振り打ち上げて、三猿斎殿にさしあげることだった。わしは、父親にことわりもせず、大工を呼んで、家の裏手の猫の額ほどの菜園をつぶして、細工場をつくると、とじこもった。

わしは、一月間、厠《かわや》へ行くほかは、一歩も細工場から出なかった。父親にも母親にも覗《のぞ》くことを許さなかった。十六になる下婢《かひ》だけ、入ることをみとめてやった。

一月ぶりに、打ち上げた新刀を携《さ》げて出て来たわしは、母親に声をたてさせるほど、凄《すご》い形相をしていたらしい。

身なりをととのえて、わしは、伊木邸へ伺候《しこう》した。

「鍛冶《かじ》になって、一振り打ち上げました。ごらん下さいませせい」

わしが、さし出した二尺三寸の一刀を、三猿斎殿は、抜きはなって、切っ先からずーっと視下したが、ただ一言、

「ふむ！」

と、洩《も》らしただけだった。鞘へ納めてから、三猿斎殿は、わしに訊いた。

「秘伝をどこで学んで参った」

「尾崎長門守正隆の家でございます」

「天竜子か。あれは、相当のひねくれ者だときいて居るが、よく、お前に授けたな」

「ぬすんだのでございます」

わしは、正直にこたえた。

「成程――。ぬすまねば、これだけの刀は打てまい。わしの差料にいたそう」

「お待ち下されませ。これは、ただいま、さし上げるわけには参りませせぬ」

「どうしてじゃな?」

「見てくれは、いかにも、古刀に比べられるかも知れませんが、斬《き》れ味の程は、さっぱりわかりません。それを、試した上で、さし上げたく存じます」

「お前が試すというのか?」

「はい。したれど、ただの獄門囚人の首を刎《は》ねる試しになど、使いたくはありませぬ。なろうことなら、真剣の勝負によって、試したく存じますれば、しばらくご猶予《ゆうよ》をたまわりますよう――」

「わかった。お前は、電撃隊に加わりたいのであろう」

そう云って、三猿斎殿は、笑った。岡山藩の権勢は、この三猿斎殿の一手に握られて居《お》ったのだ。

当主内蔵頭《くらのかみ》殿（池田慶政《よしまさ》）は、隠居され、水戸から前中納言《さきのちゆうなごん》殿の御九子九郎麿殿（茂政《もちまさ》）を迎えた岡山藩は、勤王攘夷《じようい》論が圧倒し、その中心に三猿斎殿が、いたのだ。家中のみならず、他藩からも有志の士を招いて、勇戦隊及び義戦隊が編成され、また別に、領内の血気の若者ら数百名を募って電撃隊が組まれて居ったのだ。

七卿《しちきよう》が西へ落ちたり、京では池田屋騒動にひきつづいて、蛤門《はまぐりもん》の変が起っていたり——物情騒然たる世の中に、剣というものに身心をぶち込んでいるわしが、じっとして居れるわけがなかった。六尺一寸、二十二貫の巨体が、ただ、刀を打ち上げることだけで、満足して居れる道理があるまい。

「お願いいたします！」

わしは、畳に両手をつかえた。

「お前は、変った気象の持主とみえる。曲がらずに、まっすぐにのびれば、天下に名を挙げて一流となろうが、ひとたび、曲れば、途方もない放埒《ほうらつ》を演ずるかも知れぬ。曲りかかった時は、おのれを顧《かえり》みる必要があろうの」

三猿斎殿のこの戒告は、後年思いあたった。

そろそろ三更をまわった時刻であったろう。京の市中は、もうひっそりとしずまりかえって、犬の遠吠《とおぼ》えがきこえるばかりであった。

飢えた狼《おおかみ》のような手輩が、この一年ばかりのあいだに、諸方から京洛《けいらく》へ、なだれ込んで来て、陽が昏《く》れるとともに、彼処此処で、殺傷沙汰《ざた》を演じていたのである。

実は、このわしもその一人であった。

おのれが打ち上げた利剣を試したいばかりに、わしは、再び、岡山を出奔して、上洛して来たのである。

幸か不幸か、わしが加った電撃隊は、鯨波をあげて、敵陣に斬り込む機会を持たなかったのである。

蛤門の変で、朝敵となった長藩に対して、尾張大納言を総督とする征伐軍が発せられたので、当然、岡山藩の勤王党は、この出師《すいし》をはばむことになろうと、勇戦隊、義戦隊、電撃隊は、勇躍したものであった。

わしらは、勤王党の総帥《そうすい》である三猿斎殿が、自ら先陣の指揮をとるもの、と思い込んでいた。ところが、三猿斎殿は、わしらの期待を裏切って、単身で、姫路までおもむき、そこまで軍をすすめて来ていた征長総督に謁《えつ》して、いま干戈《かんか》を動かせば、狼火《ろうか》は、八方に飛んで、天下大動乱になるおそれがある故、平和裡《り》の談判をもって解決して頂きたい、と陳情したのだ。

そのおかげで、長藩は、恭順の意を表し、藩主父子の蟄居《ちっきょ》、責任者の切腹ということでケリがついて、兵火は交らなかった。わしたち、血気の若者らは、それが不満であった。三猿斎殿のとった行動は、諒解《りょうかい》できなくはなかったが、いったん振りあげた拳《こぶし》をどうしてくれる、という理窟《りくつ》ぬきの腹立たしさが、ついに十数人をして、京洛へ奔《はし》らせることになったのだ。わしも、その一人だった。

尤も、わしの出奔は、勤王の志を展《の》べるためではなかった。おのれの打ち上げた利剣で、人を——それも、相当強い奴《やつ》を斬る目的であった。

わしは、毎夜、手頃の生贄《いけにえ》をさがして、うろついていた。

まだ、わしは、抜いていなかった。いざ、物色するとなると、なかなか、見当らないものだった。

四条の橋袂《たもと》に来た時、わしは高下駄《げた》を鳴らして渡って来る二人連れを、月明りにすかし視て、

——こいつらだ！

と、決めた。市中見廻りの新選組の隊士達であったのだ。

どうせ斬るなら、新選組の奴らにしてやれ、という気持はあったが、いつも、数人

連れ立っているのにぶっつかって、手が出なかったのだ。

二人なら、斬れんことはあるまい。

わしは、橋を四五歩進んで、ふと、渠《かれ》らに気づいて、狼狽《ろうばい》したふりをすると、踵《きびす》をまわして、急いで、遁《のが》れようとするごとくみせかけた。

はたして、渠らは、わしの挙動に不審を起して、

「待て！」

と、叫んで、追って来た。

わしは、奔って、とある狭い横丁へ、とび込んだ。

とび込むやいなや、向きなおって、鯉口《こいぐち》を切った。

そして、追手の跫音《あしおと》に、気息を合せて、その姿が現れると同時に、抜きつけに鞘走らせて、拝み撃ちに、斬りさげた。

人間の骨肉を截《た》つ手ごたえというものは、なんとも名状しようもない強烈な快感だ。

まして、おのが鍛えた刀で斬ったのだ。

——やったぞっ！

わしは、文字通り血顫《ちぶる》いした。

「曲者《くせもの》っ！」

後の一人が、喚《わめ》きたてつつ、抜刀したが、その構えには、ありありと怯懦《きようだ》の色が滲《にじ》んでいた。

わしは、一気に勝負を決すべく、じりじりと肉薄した。

対手《あいて》は、退《さが》った。わしは、迫った。

左様、対手をものの二間も退らせたろうか。わしは、

「まだか！」

と、呶号《どごう》した。

瞬間、対手は、身をひるがえして、遁走《とんそう》をこころみた。

わしは、猛然と、追って、その背中へ、びゅっと、あびせた。断末魔の、のどをふりしぼった悲鳴が、いまも、わしの耳底にある。

返り血が、飛沫《しぶき》になって、わしの顔をたたいた。

胸がふいごのように迅鳴《はやな》りはじめたのは、斬り下げたままの姿勢で、静止してからだった。

――斬ったぞ！　見事に斬ったぞ！　おれの刀は、吉光よりも、正宗よりも、斬れるぞ！

心の隅で、叫び乍《なが》ら、わしは、喘《あえ》ぎつづけたものだった。

いつ傷つけたか、自分の刀の切っ先で、左足の指を二本刎《は》ねているのに、気がついたのは、旅館へ戻ってからであった。

四

慶応《けいおう》元年から、三年まで——わしは、京と岡山の間を三度も往復したが、所詮《しょせん》、風雲に乗じて名利をもとめる気のない男には、目まぐるしく転変する形勢についてはいけなんだ。

公武合体派が、大手を振って横行していたか、と思うや、将軍家の世界を境にして、にわかに尊王攘夷派の勢力が強人になったりするので、思想というやつを持たぬわしは、周囲の志士らの狂気じみた言動に、次第に厭気《いやけ》がさしてしまったのだ。所詮、自分は、刀工でしかない、と気づいたのは、岡山から脱藩して来た志士らが、御当主を斬らねばならん、などと云《い》い出すのをきいた時だった。

十五代将軍職を、水戸中納言が継いだ。岡山藩当主はその実弟である。岡山藩が、勤王の志をつらぬくためには、将軍家の実弟を当主と仰いでいるわけにはいかぬ。

そういう議論を、うすぎたない旅宿の一室で、朝から晩まで、口角泡をとばして、やっている光景を眺めていると、わしは、なんとなく、ばからしくなって来たのだ。

一度厭気がさすと、わしは、わしを勝手に、自分たちの同志ときめている連中と、毎日顔をつき合せていることに堪え難くなって、どこか人里はなれた山中で、黙々と、名刀を打ち上げたい衝動にかられたものだった。

当主茂政公が、藩論に押されて、ついに隠居し、支藩の備中鴨方《かもがた》から、章政《あきまさ》公が入ったのを機会に、わしは、岡山へ帰って来ると、数年ぶりに、細工場に入った。

――おれの坐《すわ》り場所は、やっぱり、ここだった。

もはや、わが精進がゆらぐことはあるまい。と思ったのは、束《つか》の間《ま》だった。

刀が無駄なしろものになったのだ。将軍家が大政奉還して、三年後に、廃刀令が布告されたのだ。

さむらいがいなくなり、すべての人の腰から刀がとりあげられてしまった時世に、刀鍛冶《かじ》が存在できる道理がないではないか。わしは、茫然《ぼうぜん》自失した。

公方《くぼう》が、天皇様に、大政の権をおかえしするのはいい。しかし、藩が廃《すた》れたり、刀が廃れたりするのは、あまりの処置ではないか。さむらいがいなくなって、どうして日本の国が守護できるのか。あらたに、農民の中から、次男三男をえらんで、兵卒をつくって、鉄砲をもたせているが、そんな奴らが、役に立つとは、到底思えなかった。

剣術を、柔術を、弓術を、馬術を、砲術を、必死に学んだ幾十万かの武士を、野に抛《ほう》り出して、髷《まげ》を切れ、刀を差すな、と命ずるとは、なんという冷酷無情の処置であろう。

こんなばかげた世の中になるくらいなら、徳川幕府がつづいた方が、まだましだったのだ。わしは、この憤懣《ふんまん》を、どこへぶちつけていいか、わからなかった。すでに、女房を持ち、子供も生れていたが、家庭の平和などというやつは、わしにとって、屁《へ》のようなものだった。

備中玉島から、羽黒大明神の氏子たちが、訪れて、宝物にする大太刀を打ってくれ、とたのんで来たのは、そうした折であった。わしは引受けるかどうか、数日の猶予《ゆうよ》を乞《こ》うてから、細工場に坐りつづけていたが、

――よし！　これを最後の仕事にしてやろう。

そう決心した。

翌日、私は、人夫を呼んで、細工場をとりこわした。

佳日をえらんで、羽黒大明神の社前に、たたらを据え、金床《かなどこ》を設けて、卸し鍛えの大業物《おおわざもの》の製作にとりかかった。

――日本における最後の名刀を打ち上げてやるぞ！

わしは、自分に誓った。

また、くりかえすが、刀を造るという作業は、世間の素人《しろうと》が考えるほど、むつかしいものではない。複雑な工程も必要ではない。奥行きは深いが、入門はいたってやさしい。

ある野鍛冶は、人手の不足から、刀鍛冶にたのまれて、たった半月、向う槌《づち》を手伝っただけで、さっさと刀を打ち上げたが、相当の斬れ味を示した、という事実もある。天下にとどろく大業物を鍛え上げた長曾禰《ながそね》虎徹《こてつ》ですら、元来が轡《くつわ》や鐙《あぶみ》や鍔《つば》を造っていた雑鍛冶で、甲冑《かっちゅう》の下鍛えなどが得意であったのだ。それが、五十歳の時に、刀工たらんと発心して、江戸へ出て、必死に修行した、というが、たしかな師匠にはついて居らんのである。独自の工夫であったろう。

極意秘伝、というが、こいつは、「おのが睫毛《まつげ》の如《ごと》し、近くして見えず」というやつだ。ある時期が来れば、おのれの顔を鏡に写してみるように、おのずから判《わか》って来る。

虎徹、康従《やすより》、繁慶《しげよし》、綱広、忠吉、国包《くにかね》などの天下の名工が、一子相伝、門外不出の秘伝を持し、寸毫《すんごう》もこれを公開しなかった、というが、わしは、そんなものは、信用せぬ。

長門守が秘蔵していた新古の文書のうち、わしの役に立ったのが、どれだけあったか。ただ、ほんのちょっとした、参考になっただけだ。

わしは、長門守が、自ら記した「鍛刀術」を思い出す。

その中に、こういうのがあった。

「正宗百錬、という説あり。愚かも甚だし。鉄を三つに折って、これを一錬という。これを正宗は百錬して、古今の名刀を造りし、と。狂気の沙汰《さた》なり。通常、日本鉄――玉鋼といわれる鋼鉄は、十五六回――乃至《ないし》二十回も鍛えれば充分にて、それ以上鍛えれば、逆に鋼鉄の本性を失うべし。百錬などいたせば、鉄は、飴《あめ》同然になるべし」

成程、わが師長門守は、古伝にならって、卸し鍛えをやって居ったが、原料を十六七回鍛えて皮鉄とし、しん鉄は通常の錬鉄を数回錬《きた》え、総計二十錬内外で、打ち上げていたようだ。わしは、最後の刀を、百錬をもって打ち上げることにした。飴同然の刀になるかどうか――。わしは斎戒沐浴《もくよく》して、とりかかった。

わしは、師長門守と同じく、甲伏《かぶ》せ鍛えをえらんだ。

甲伏せ鍛え、とは――。

まず最初に、挺子《てこ》をつくる。錬鉄製七八分角一尺位の棒を用意し、これに玉鋼を三四回鍛えて造った同じ物五寸位をつくりつけ、全体を一尺五寸位にし、次に玉鋼をとり、破片百匁《もんめ》程を赤めて打ち延し、これを三四回鍛えて、横二寸五分、縦三寸五分、厚み二三分の長方形の台をつくり、それを挺子の一端につける。

次に、玉鋼を赤めて平に打ち、これを水に投じて折れやすくしたものを、砕いて右の台の上に積みあげ、泥汁をかけ、それを火窪《ほど》に入れて沸し、最初は軽く鎚《つち》を加え、鍛えて一枚の板とする。それから、この一板原鉄を、本鍛えにかける。二つ折り、三つ折りにして、向う鎚二人乃至三人の手を借りて、鍛錬する——あれだ。次に、銑《ずく》鉄、古鉄などを、火窪に入れ、適当に処理して、鋼《はがね》とする。これを卸す、というのだ。

わしは、最後の刀を打ち上げるにあたって、古鉄の代りに、秘蔵する村正をつぶして入れ、さらに、黄金と銅と錫《すず》をも加えることにした。ここまでが、下鍛えだ。

さて、上鍛えは、前につくった玉鋼を五枚に、後につくった卸し鋼を五枚に、恰度《ちょうど》切り餅《もち》のごとく一枚に切って、交互に積み重ねて、これを沸し合せて、鍛錬する。

普通は、これを十四五回鍛錬するのだが、わしは、敢《あ》えて、二十回打ってくれた。

皮鉄は、これで、つくられた。

こんどは、日本刀のしんとなって、終日戦うとも折れず曲らず撓《たわ》まぬためのしん鉄をつくる。これは、庖丁形《ほうちよう》をした錬鉄六分、玉鋼四分の割合で、六七回鍛錬し、宛然《さながら》柏餅のあんこのようにして、前に上鍛えした錬鉄で包み、打ち延して、白刃《はくじん》を仕上げるのだ。

恰度一月過ぎた。わしは、一夜のうちに、社前から、たたらも金床もとり去っておき、朝、呼集した氏子の前へ五尺八寸の白柄《しらつか》の大業物を携《さ》げて、現れた。

抜きはなたれた大白刃は、氏子の手から手へ、つぎつぎと渡された。どの口からも、感嘆の声がもらされるのを眺め乍ら、わしは、精魂を傾けつくした疲労が、わずかにむくいられる淋《さび》しい満足をおぼえたことだった。

その大白刃には、名刀が持つ色を、すべてそなえていた筈《はず》なのだ。ある部分は、粟《あわ》田口《たぐち》のように、深淵《しんえん》の青みを底から浮かせて澄み冴《さ》え、ある部分は、正宗、義弘のように、底が金砂子《きんすなご》を蒔《ま》いて居《お》り、ある部分は、長船《おさふね》もののように、雪の肌の美しさを保ち、さらに、切っ先ちかくは、青江もののように、黒い影がさしたとみせていたのである。

もとより、五色の変を与えられたこの五尺八寸の大業物が、古刀と同じ斬《き》れ味を示すかどうか、打ち上げたわし自身にも、わからなかった。

それは、問題ではなかった。これは、宝物であった。宝物は、観《み》るものであり、斬るものではなかったからである。

翌日――。

わしは、家も妻子もすてて、飄然《ひょうぜん》と、岡山を立ち出《い》でていた。

五

それから十数年――わしの放埒《ほうらつ》無頼の所行がつづく。

田能村竹田《たのむらちくでん》の四傑の一人田能村直入《ちょくにゅう》と知りあい、この風変りな南画家の腰ぎんちゃくになって、山陰道から北陸まで、明日の行先をさだめずに、放浪をつづけて、二年あまりすごした。身につけていたのは、鑿《のみ》と小刀だけであった。

路銀をつくるために、直入が絵筆をとり、わしは彫刻をやったのだ。刀の鑑定も、口すぎのひとつになった。やはり、心の底には、刀を打ちたい、という欲求がくすぶっていたのだ。放浪をつづけ乍ら、その国その土地の鍛法を調べることだけは怠らなかった。北陸から大阪へ出たわしは、岡山で柔道を学んだ旧師の上野万太郎殿が、道場をひらいているのを知って、食客になった。

もうその頃、わしは、なりふりかまわぬ恰好《かっこう》になっていた。髭《ひげ》をそらぬので、関羽《かんう》のように胸まで垂れていたし、綿のはみ出た褞袍《どてら》の着たきり雀《すずめ》で、細帯をまきつけていた。褞袍は、富山の木賃宿で呉《く》れたもので、普通の人間が着る丈だったので、わしが着ると、臑《すね》からまる出しであった。

そんな姿で、道頓堀あたりを、ぶらぶら歩けば、当然、嗤《わら》い者にされる。こっちが、虫の居所がわるければ、喧嘩《けんか》沙汰にもなろうというものである。

とある芝居小屋の前で、木戸番と二言三言やりあったわしは、いきなり、番台から、ひきずり落すと、一本、背負い投げをくれて、地べたへのびさせた。

木戸口から、五六人、得物を摑《つか》んでとび出して来たので、やむなく、一人から木刀をもぎとって、あたるをさいわいに、擲《なぐ》りつけてくれた。こっちも、相当擲られたが、その時は、痛みなどさらに感じなかった。

剣客のように、悠々と立去る、というわけにはいかなかった。頃合をはかって、脱《だっ》兎《と》のごとく遁《に》げた。一人に執拗《しつよう》に尾行されたことに夢にも気がつかずに、何食わぬ顔で、道場へ戻って、はやばやと牀《とこ》に就いてしまった。翌朝、目が覚めたとたん四肢の節ぶしが疼《うず》いて、容易に起き上れそうもなかった。起き上らざるを得なかったのは、破落戸風《ごろつき》の男が、訪れて、

「手前は、道頓堀を縄張りにして居ります死にたい組身内の者でございますが、昨日、小屋の者を六人お片づけになりました先生に、お詫《わ》びに上りました」

と、口上したからであった。

起き出て行くと、薄気味わるい程丁寧な物腰で、お詫びのしるしに今晩島の内の茶

屋で一献さし上げたい、と云う。

わしは、愚にもつかぬ喧嘩で、生命を落すことになったか、といまいましかったが、やむを得ぬ、と覚悟をきめた。

破落戸が去ると、昨日連れ立っていた一人から話をきいていた門人たちが、助太刀しようと申出てくれた。

幡随院長兵衛《ばんずいいんちょうべえ》気どりで、その申出を断ったわしは、女中にたのんで、旧師の紋服袴《はかま》を、こっそり無断借用することにした。旧師は、わしと体格がほぼ同じだったのである。死出の装束というところであった。

指定された茶屋に上ると、破落戸たちが、廊下にずらりと居並《いなら》び、かしこまって迎えた。

通された大広間には、人影はなく、わしは、床柱の前に据えられた。

いまに、向う鉢巻、縄襷《なわだすき》の奴《やっこ》どもが、襖《ふすま》を押しひらいて、ふみ込んで来るであろう、とわしは、一瞬の油断もなく、全神経をつッぱって待った。

ところが、入って来たのは、たった一人——親分らしい、眉間《みけん》に朱痣《しゅあざ》のある男であった。

いんぎんに挨拶《あいさつ》して、「死にたい組」というのは、博徒《ばくと》渡世の定法通り、強きを挫《くじ》き弱きを扶《たす》けるために生れた一家だが、つい若い者のうちに、その定法を破って、もめ事を起すので、いささか当惑していたところ、先生のような滅法強いお方にこらしめて頂いて、まことに有難かった、ついては手前ども一家へときどきお越し願って、いろいろと作法をお教え頂けまいか、とたのんで来た。

斬り死を覚悟していたところへ、逆に頭を下げられて、つい、軽率にも、よろしい、と承知してしまった。

悦《よろこ》んだ親分が、手をたたくや、料理とともに、主だった乾分《こぶん》が、ぞろぞろと入って来、つづいて、芸者たちが、裾《すそ》をひいて現れた。たちまち、飲めや唄《うた》えの大騒ぎになった。いい気分に、酔歩まんさんと道場へ戻って来ると、待ちかまえていたのは、旧師の凄《すさま》じい一喝であった。

「たわけ！　武士の腰に佩《お》びさせることが叶《かな》わなくなったからと申して、その腕は、いまだ利剣を打つわざを失っては居らぬ筈《はず》だぞ！　それを、市井《しせい》の無頼漢どもにおべんちゃらをならべられて、うかうかと乗って、用心棒になり下るとは、何事か！　そんな恥知らずを、当道場に置くことは許されぬ。たった今、出て行ってもらおう。もし、大阪にうろうろしているぶんには、この上野万太郎自ら、ひっとらえて、手足をへし折ってくれるぞ！」

弁明も詫びも許さぬ剣幕に、わしは、黙って頭を上げて、すごすご道場を出て行かねばならなんだ。わしの生涯で、この時くらい、しょげかえったことはなかった。

岡山には、まだ二十代にも拘《かかわ》らず、肌の色艶《いろつや》を喪《うしな》って、苦労皺《じわ》をつくった女房と、見ちがえるばかり大きくなった息子が、待っていたものの、今更、無用の長物を製《つく》る細工場を建てる料簡《りょうけん》も起らず、放埒無頼の所行は、郷里で、ひきつづき、むかしを知る人々を、顰蹙《ひんしゅく》させることになった。

旭川《あさひ》に架けられた京橋の両岸は、海から入って来る荷船が着く。その東岸は、中島という遊廓《ゆうかく》であった。

父親が残した書画骨董《こっとう》を二束三文にたたき売って、中島に流連《いつづけ》るくらしが、およそ三年もつづいたろうか。

あるいは、勤めの辛《つら》さを訴える女郎を、こっそり足抜きさせてやり、それが露見して、楼主がやとった破落戸どもと、あやうく血の雨を降らせそうになったり、四君子を得意になって描く女郎をからかっているうちに、いたずら心から、睡《ねむ》り薬をのませておいて、背中へ、巨大な男根を、線描きに刺青《いれずみ》してやったり、中央政府からやって来た薩摩《さつま》っぽうの陸軍少将の、あたりはばからぬ高言を、隣室できいていて、我慢ならず、いきなり踏み込んで、窓から旭川へ、抛《ほう》り込んでくれたり——いまにして思えば、他愛もない狼藉《ろうぜき》を痛快がっていたものだ。

わしが、悪友としてえらんでいたのは、西尾吉太郎だった。わしよりひとまわり下の、生意気盛りであったが、ふしぎとウマが合った。西尾は、明治十二年には、「山陽新報」を創刊しているくらいだから、ただの無頼漢ではなかった。ある朝、女郎の本部屋で宿酔《ふつかよ》いの目をさましてみると、どしゃ降りの雨であった。しかし、その日は、父親の十三回忌をいとなむ予定であったので、是が非でも、帰宅しなければならなかった。

帳場の車は、一台のこらず、出払ってしまっていた。

まさか、筆太に楼名を記した女郎屋の傘をさして帰るわけにもいかず、「弱ったな」と腕を組んでいるところへ、西尾吉太郎が、起きて来て、わしから事情をきくと、

「傘代りに、いいものがありますよ」

と、いきなり、雨戸を一枚はずした。

「これをかぶって、帰ろうじゃないですか」

「成程、うまい思いつきだ」

わしと西尾は、その雨戸を持って、階下へ降りると、帳場へ、橋むこうの車宿まで借りて行くから、あとでそこへ取りに来い、と云《い》いのこした。

わしと西尾が、雨戸を両手で頭上にかざして、京橋を渡って行った光景は、たちまち、市中の噂《うわさ》になった。

放縦というやつは、いちど度を越すと、とどまるところを知らぬ。某日、西大寺町《さいだいじまち》の西尾の家へ立寄ると、黒住《くろずみ》教本部の上棟式があって、西大寺町からも、信者が、仮装行列を練り出す、という。

黒住教本部は、西郊一里、御野《みの》郡今村にある。

「それなら、おれも、仮装して行こう」

わしは、西尾の家に、大阪土産の花魁《おいらん》のはく黒塗りの高木履があったのを思い出したのである。

わしは、すぐに、中島遊廓の馴染《なじみ》の店から、思いきり派手な緋縮緬《ひぢりめん》胴抜きの下着と金襴《きんらん》の帯を借りて来た。

六尺二寸の蓬髪長髯《ほうはつちようぜん》の巨男が、女郎の長襦袢《じゆばん》をまとって、帯を前結びにし、高木履をはき、一間半の竹杖《たけづえ》をつき、肩に長瓢簞《ながびようたん》をかついで、黒住教本部まで、のそのそと、歩いて行ったのである。

よもや、三十年後までの語り草になろうとは思わなかったが、チトやりすぎたかな、と聊《いささ》か世間の目を気にして、数日家の中にとじこもっていると、女房がいつにないあらたまった気色で、前に坐《すわ》った。

「このあたりで、放埒をお止《や》めなさいますか？」

顔色も声音も穏かに、問うて来た。

それまで、わしに対して、一言も、愚痴をもらさなかった女房である。

「それは、皮肉か？」

問いかえすと、しずかにかぶりを振って、

「男の放埒は、しつくしてしまわねば、熄《や》まるものではない、ときいて居ります。もし、まだ、し足りないのでしたら、わたくしが、嫁入りの時に、母から貰《もろ》うて来た金子が、そっくり、手つかずに、のこって居りますから、お使いになって下さい。そのかわり、それが無てたら、やめて頂きます。それでも、まだ、熄まらないのでしたら、離縁をして頂こうかと思うて居ります」

と、云った。わしは、しばらく、女房の顔を、ふしぎなものでも視《み》るように、じろじろ眺めていた。

女房は、ふっと、微笑してみせた。

すると、わしも、思わず、にやりとした。

……わしの放縦無頼の生活は、その日限りで、ぴたりと終った。

六

彫刻師としてのわしの後半生が、はじまる。明治も、もう十五年過ぎて居った。一年間、家から一歩も出ずに、こつこつ彫りあげたのは、たった一品——竹の筆筒の魚尽しであった。

改心して、はじめて苦心した作品を、わしは、金に代える存念は毛頭なく、旧知の岡山藩士で、朝鮮公使をつとめる花房義質《よしただ》氏を通じて、天皇陛下へ天覧願うことにした。

三月すぎた某日、わしは、女房を呼んで、花房氏から送られて来た一通の奉書を、黙って渡してやった。

岡山県平民逸見大吉彫刻の筆筒一個先般御伝献相成候《そうろう》に付早速御前へ差上候処御留置相成候条此段《このだん》申入候也《なり》

明治十六年三月十五日

宮内卿《くないきょう》　徳大寺《とくだいじ》実則《さねつね》

特命全権公使　花房義質殿

一読した女房は、みるみるうちに、泪《なみだ》をあふらせて、唇を顫《ふる》わせた。何か云おうとしたが、言葉が出ない様子だった。

女房は、この一年間、わしが、必死に彫刻しているのを、黙って眺めていたが、それをわしがどうするのか、一言もきかなかったし、わしも教えなかったのである。

この一通の奉書は、亭主の十余年間の放縦無頼に、じっと堪えた女房に対する、いわば一種の詫《わび》証文であった。

……女房は、たちなおった亭主に安堵《あんど》したためでもあるまいが、それから二月後に、ほんの三日のわずらいで、逝《い》った。不幸な女であった。わしは、なきがらを一夜、抱きしめて、まんじりともせずに、朝を迎えた。わしが心から、女を愛して、抱いたのは、後にも先にも、その時だけであった。女房の死は、わしを再び、放埒の世界にひきもどすことにはならなかった。

二年後、わしの刀工としての本性が、猛然と血をたぎらせる機会が来た。

車駕《しゃが》が西幸して、岡山の後楽園内延養亭に御駐輦《ちゅうれん》になる、ときいた瞬間であった。

——よし！　おれは、一生一代の刀を打ち上げて、献上するぞ！

わしの肚《はら》は即座に決った。

備前、備中、相州の衰微は甚しく、殊《こと》に、もはや備前刀は、慶長以後、観《み》るべきものは、一振りすらもない、と鑑定家から蔑《さげす》まれている時世であった。

わしは、そうは、思っていなかった。

江戸時代に入って、水心子正秀を中心とする一大勢力が、関東のみならず、日本全土を圧倒し、備前長船《おさふね》の祐永や祐包などは、その前に影がうすれたが、その斬《き》れ味を比べてみると、後者の方が、はるかにすぐれているのだ。

水心子は、寛政頃、助広の模作を頻《しき》りにやった奴《やつ》だ。ただ、古刀新刀の分析に精を出して、鍛法の規矩《きく》を成就《じようじゆ》した、という自家膏薬《こうやく》が利《き》いて、名を挙げたにすぎぬ。見てくれの姿は得意だが、斬れ味は、話にならぬ。

長船の新刀は、少々いやしい刃文だが、祐平、祐永、祐春、祐包、いずれも、伯耆《ほうき》鋼《はがね》で鍛えてあるから、斬れることは斬れる。げんに、わしは、これを縮めて小刀や形《かた》彫《ぼり》などに直して使ってみたが、みごとな冴《さ》えを発揮した。水心子正秀やその門弟の大《たい》慶直胤《けいなおたね》などは、小刀に直して、竹でもけずってみれば、たちまち切っ先がひん曲ってしまうだろう。江戸末期の刀で、信用できるのは、山浦清磨だけだ。大阪の月山貞吉なども、評判とつりあわぬ下作だ。

伯耆鋼は、柾目《まさめ》鍛えの元祖である伯耆安綱以来の名産で、むかしはそれを卸し鋼にしたのだ。だから、長船は、斬れる。水心子などは、出羽の千草鋼を用いているから、いくら卸しても、大した鋼にはならぬのだ。水心子は、応永以後中絶していた鍛法を復興して、古刀に比肩《ひけん》する名刀をきたえた、というが、莫迦《ばか》くさい話だ。水心子は、たしかに卸し鋼の復古をやったろう。しかし、応永以前の名匠は、吹き卸すのに、たたらを用いている。水心子は、ただのふいごを使っているだけだ。ふいごを使うと、濃密がすぎて、まるで煉羊羹《ねりようかん》になってしまうのだ。古刀の、所謂《いわゆる》ざんぐりした味など出るものではないのだ。地刃の働きも乏しい。

十年前、わしは、備中玉島の羽黒大明神の宝刀を打ち上げたが、それは古刀が有《も》つ五色の変をことごとく聚《あつ》めた、最も美しい姿を描きあげてみたのである。宝刀に斬れ味は要るまいと、鋭意を欠くのは、承知の上の苦心をはらった。

こんどは、ちがう。いやしくも、一天万乗の大君が、大元帥《だいげんすい》としてお腰に佩《お》びられる剣を製作せんとするのである。降魔《ごうま》の利剣でなければならぬ。絶対の斬れ味を発揮せねばならぬ。

もとより、気品は高く、しかも姿は雄壮であることが必要だ。わしは、仲買町の河本家をおとずれて、家宝の「骨食《こつじき》藤四郎」を拝見したいと申出た。ところが、すでに河本家は、家産傾いていて、先代立軒が苦心して入手した、その名刀を、先年手離してしまっていた。

わしは、そうなると是が非でも、「骨食藤四郎」の行方をさがしあてて、この目で、その刃味を観なければ、おさまらなくなった。しかし、執拗《しつよう》な探索も、ついに酬《むく》いられなかった。

いったんは絶望したが、すぐに、おのれに云いきかせた。

――藤四郎を観ることは、藤四郎を模倣したいという心が、どこかに働いていたからなのだ。もし藤四郎を観て、作ったならば、水心子が助広を模作したのと、全く同じではないか。作るならば、史上いまだ曾《かつ》て現れない刀を創《つく》るべきではないか。その七転八倒によって、生命を縮めても、やむを得ぬ。わしは、もはや、入ることはあるまいと思っていた鍛刀場を建てた。

それから三月間の死にもの狂いの苦心の経緯は、もはや、くだくだしく話すまい。二尺二寸五分の細身の一振を打ち上げた時、二十三貫あったわしの体量は、十六貫に減っていた。と云えば、それで足りよう。表には、梅竜、裏には剣《つるぎ》を刻んだ。会心の出来栄《ば》えであった、というのは当らぬ。精魂を傾け尽したわしは、ただ、疲労しはてていた。

わしは、幽鬼のような姿を、県庁にはこんで、このたび一刀を打ち上げた故《ゆえ》、御西幸の天皇陛下へ献上したい、と中出た。

ところが、役人の態度は、意外な冷たさであった。

十余年にわたって放縦無頼の所行を重ねたわしに対して、役人は当然の態度をとっただけなのだ。

無頼漢にひとしい、しかも、いまは彫刻師として身をたてている男が、十年の空白を置いて、にわかに、たたらを据え金床を設け、躍起になったところで、献上物など作れよう道理がない、と考えるのは、人情であろう。

「あんたが、長船の宗家で、古備前刀に比すとも劣らぬ刀を鍛えた、とでもいうんなら、話が別じゃけどな」

役人めは、そんな云いかたをしくさった。

わしは、たちまち、むかむかした。

「いまの長船に、祐定の品位と刃味を再現する鍛冶《かじ》が一人でもいる、と思っていなさるのか？」

「すくなくとも、長船には、刀工ひと筋に生きて来た者が、二人や三人居《お》らん筈《はず》があるまい」

細工場をぶち毀《こわ》したり、女郎に男根の刺青《いれずみ》をしたり、喧嘩沙汰《けんかざた》に明け暮れたり、彫刻師の看板をかかげたり——そんな男が、俄《にわ》か仕事で作った刀と、刀工ひと筋で生きて来た長船の伝統を継ぐ刀鍛冶の作と、どちらが優れているか、きまりきっているではないか。役人は、そう云いたかったのだ。わしは、その日は、黙って、ひきさがった。

翌日、わしは、いまの長船で兎《と》にも角《かく》にも刀鍛冶として名の通っている祐正という男の作と、おのが新刀とを携《さ》げて、再び県庁をおとずれた。

「この二刀を、鑑定家に比べてもらいたいなどとは申しますまい。素人《しろうと》である貴方《あなた》がたお役人に、試してもらうのが、一番早わかりと思いますから、いまから、やってつかわさらんか」

わしは、二刀を、ぎらり、ぎらりと抜いて、役人の鼻さきへ、つきつけてやった。

わしの奇行をきき知る役人は、いまにもぶった斬《ぎ》られるのではないかとばかり、顔面蒼白《そうはく》になり居った。

「こうして、並べただけで、玄人《くろうと》には、一瞥《いちべつ》で、品格に格段の差があることが判《わか》るものだが、貴方がた役人の節孔《ふしあな》のようなまなこには、同じように映るかも知れん。……だから、手とり早いこと、ひとつ、斬れ味の方を、比べてもらいましょうか。どっちが斬れるか、試せば、三つ子にも、すぐ判ることだ。……ええかな。まず、そこにかけられている西洋鏡の縁を削ってもらいましょうわい。わしがやってもいいが、手加減した、と思われるのが癪《しゃく》だから、貴方に、やってもらいましょう」

「……」

役人は、のど仏をいたずらに上下させるばかりで、返辞もできなかった。

「貴方にやる度胸がないのなら、しょうがない、わしがやってみせるか」

わしは、壁から、西洋鏡をとりはずして来ると、テーブルの上に置いた。

「こっちが、長船、これが、拙作だ。よく観ていてもらいましょう」

わしは、まず、長船刀で、鏡の縁を、ぐっと削ろうとした。とたんに、刃は、ぽろっとこぼれてしまった。

次に、自作を把《と》ったわしは、無造作に、すっと削ってみせた。削られた硝子《ガラス》は、こまかく砕け散り、縁は、鉋《かんな》をあてられたように、きれいに殺《そ》がれていた。

刀の方は、微《かす》かな刃こぼれひとつ、できていなかった。

「どうですかな。おわかりになったじゃろう。わしの手加減を疑うなら、貴方自身、やってみなさるとええ」

「い、いや。よく、わかりました」

「まだ斬れ味はわかってもらっても、折れるか折れんか、それをわかってもらっては居らんな。……目釘孔《めくぎあな》に麻縄を通して、木の枝から吊《つる》しておいて、物打ち三寸というところ——つまり、この、切っ先から手元へ三寸ばかり下った——ここを、六尺棒で、平から、思いきりぶんなぐってもらいたいものです。長船刀の方は、二段三段に折れ飛ぶことは、きまりきって居る。拙作の方が、もしかりに、刃切れ——つまり横一文字に疵《きず》でもついたら、わしは、だまって引き下りましょう。万が一にも、折れるようなことがあれば、この場で切腹して、お詫びしてみせる！」

わしは、そう高言して、腕を組んだ。

しかし、役人という奴は、責任を背負うのを回避することにかけては、追われた野鼠がどんな小さな隙《すき》でも見つけて遁《のが》れ去るように、巧妙であった。

その日もまた、わしは、むなしく引き下らなければならなかった。

三日後にもう一度来てくれ、という約束だったので、出かけて行くと、陛下は、明朝ご到着になるから、もう間に合わぬ、という逃口上だった。その頃、山陽道に汽車はなかった。陛下は、岡山から二里ばかり下った三蟠《さんばん》という旭川の河口に、船でお着きになる予定だったのだ。したがって、一般庶民には、いつ頃お着きになるか、わからなかったのである。一杯くわされた、とさとったわしは、役人にとびかかって、頸《くび》を締め上げてやりたい衝動に駆られた。

それを、怺《こら》えることができたのも、年齢のせいであったろうか。

「それでは、しょうがありませんな。わしは、宮内卿《くないきょう》のお宿へ伺候《しこう》して、じきじきに、献上がたをお願いしてみましょう」

「あんたが、どうして、宮内卿に会えるのかな?」

役人は、さも小莫迦にした顔つきをし居った。

わしは、やおら、懐中から、先年、花房義質氏へ届いた宮内卿徳大寺実則殿の奉書をとり出して、みせてやった。

わしの彫刻した品を、すでに陛下がお留置きになった、と判ると、役人め、急に態度を変えて、それでは、県庁の方から、宮内卿を通じて天覧を賜るよう願い出る手続きをとろう、と請合った。わしの打ち上げた刀は、こうして、無事に、御物《ぎょぶつ》として蔵《おさ》められた。天覧を賜ることさえできれば、蔵められることに、なんの危懼《きぐ》もなかった。

わしは、こんどこそ一片の未練もなく、細工場を毀した。

七

……思えば。

わしのようなひねくれ者に、神様は、何故《なぜ》惜しげもなく寿命を下さるのか、よう判らぬ。古稀《こき》を越えて、すでに五年、まだ、どこといって、からだに毀れたところも見当らぬ。

明治天皇に新刀を献上した時に、わしの寿命など尽きてもよかったのだ。それから三十五年、余計に生きのびたことになる。

その間、いったい、わしは、何をしたのか。木竹の彫刻は、食わんがための業だが、書画、茶の湯、活花《いけばな》、謡曲、琴、三味線、あたるをさいわい、やってみた。なんでもこなせた。しかし、生来の小器用でやれたにすぎぬ。

例えば、書だが、山陽を学べば山陽になったし、南洲に擬すれば南洲になった。しかし、わしは、山陽でもなければ南洲でもなかった。筆をすてざるを得なかった。

わしは、食わんがための木竹の彫刻さえも、だんだんいや気がさして来た。あまりに、おのれの手さきが小器用すぎて、さっさと彫り上げられるのが、いやになったのだ。

木や竹の彫刻は、値段が安い。いきおい、量産しなければならなかった。それも、おもしろくなかった。

しかし、わしは、断乎《だんこ》として、金銀物の彫刻をやろうとはしなかった。古今東西、名人と称される人は、一人として金無垢《むく》、銀無垢の細工など、して居らんのである。

刀剣の金物——縁がしら、鍔《つば》、小柄《こづか》、笄《こうがい》など、名作と謂《い》われるのはみな赤銅魚子地《しゃくどうななこじ》である。金銀はただ、色どりとして、ほんのすこしつけてあるだけである。金無垢、銀無垢は、千年経《た》っても腐りはせぬが、年月を経て味わいが出るというものではないのだ。だから、太閤《たいこう》秀吉は、瓦《かわら》の代用として、天守閣の鯱鉾《しゃちほこ》などに使っただけだし、徳川家康公にしても、京の二条城の雪隠などに、銀無垢の唐獅子《からじし》香炉を置かれた。目方二十貫、というから、値段にすれば大層なものだが、厠《かわや》の据えものにしたところに、見識がある。金とか銀とかは、物の売買に役立てるしろもので、いやしくも、芸術に使うものではないのだ。

　わしは、十年あまりは、刀剣の鑑定だけでくらした。明治二十七年に日清《にっしん》戦役が起って、にわかに、刀剣の需要が起り、それが、十年後の日露戦争によって、さらに激増したために、わしの目ききを、諸方で遇してくれるあんばいとなったからだ。

　だが、やがて、刀剣の鑑定にも倦《あ》きて来たわしは、刀を打ち上げるのにまさるとも劣らぬ異様な根気と奥深い術を要する仕事はないか、と考えた。もとより、わし程度の器用さでは、到底手に負えぬ、なみなみならぬ研究を重ねなければならぬ仕事であった。ひとつの品をつくりあげるのに、おそろしく長い月日を要するという条件もついていた。

やがて、わしは、それが、漆彫《うるしぼり》であることを知った。

――よし！　これだ！

わしは、後半生を、その仕事に没頭することにきめた。

日本の漆は、世界に冠たるものである。堆朱《ついしゅ》、堆黒の彫刻は、支那《しな》から渡来したものだが、支那漆は質が粗製で、長い年月を経ると、割れたり、ヒビが入る。日本の名品は千年を経ても、そのままである。

「本朝事始」には、日本武尊《やまとたけるのみこと》が、大和に遊猟した際、路傍の灌木《かんぼく》を折ったところ、手に染《し》みた汁がみるみるまっ黒に変ったので、珍しいものだとお思いになり、舎人床《とねりとこ》石宿禰《はのすくね》を漆部官《ぬりべのつかさ》に任じて、さまざまの器具に塗らせた――これが、漆発見の始めであった、とある。

しかし、ほんとうに、漆塗りの発達したのは、支那から製法が渡来して来たからだ。

しかもまだ、漆塗りには、まだまだ、未発達の部分がのこされている。

たとえば、堆朱、堆黒は数百年前からつづけられているが、堆紫、堆白には、誰人《たれびと》も成功して居らぬではないか。

わしは、刀剣の鑑定もやめてしまうと、漆の研究に専念しはじめた。

全国から漆をとりよせてみた結果、真に名刀をつくるには、玉鋼ではなく、荒金をたたらで吹いて、卸し鋼《はがね》にしなければならぬと同じく、生漆を自分で精製しなければならぬ、とさとった。

また――。

大方の堆朱、堆黒が、ヒビが入りやすく、光沢がないのは、漆を塗るのに、日数を重ねず、厚すぎるからである、と気づいた。漆ぐらい、根気よく、時間と手数をいとわずに、丹念に塗らねばならぬものは、ほかにはないのだ。時間と手間をかければかけるだけ、光沢が増し、永久に保つ逸品になるのだ。

この場合、器用さなどは、問題ではない。

わしは、おのれの器用が、なんの役にも立たぬことを、かえって、よしとした。

たった一個の香合、一枚の盆をつくるのに、木地を塗りあげるだけで、二年を費すのは当然である、というこの仕事は、まことに、わし自身の後半生をつぶすのにふさわしかった、と云《い》える。わしは、五十歳から、この仕事に没頭した。本卦還《ほんけがえ》りをした時、わし自身が、たたき毀すまでもあるまいと思って、手許《てもと》にのこしたのは、わずか一対の香合と香盆だけであった。

のみならず、わしは、それらを、どこへも出品しようとはせなんだ。香合は紅花緑葉の堆朱、香盆は木地蓮葉に川蟹《かわがに》を刻んだものであった。

たまたま、大阪から亡妻の弟がやって来て、これを見て、近く大阪で開かれる勧業博覧会に出品したらどうか、とすすめたが、わしは、返辞をしなかった。博覧会に出品するのなら、もっと見事な品をつくりたかったのだ。

義弟が、いつの間にか、無断で、大阪へ持ち帰ったのに気づいたわしは、直ちに、義絶の手紙を書いてやった。

ところが、それに対する義弟の返答は、意外なものだった。

同じく大阪に住んでいるわしの三男の藤三郎に、それらを持たせて、アメリカへ遣《や》り、ロスアンゼルスで開かれている世界大博覧会に出品する、ということだったのである。

「阿呆なまねをし居る！」

わしは、口ではいまいましげに吐きすてたが、内心その結果がどうなるか、期待と不安を抱いた。

半年後、アメリカに渡った倅《せがれ》からの手紙が届いた。

香合と香盆は、はたして、非常な評判をとった。しかし、米人たちは、手彫りであることを信用せず、型物に相違ない、と云いはってきかぬ。もし、まことに手彫りならば、父親を招いて、われわれの眼前で、彫らせようではないか、と云っているが、父上には、海を渡っておいでになる気持がおありであろうか。

「たわけたことをぬかせ！　毛唐に、おれの業など見世ものにしてやっても、はじまるものか」

わしは、独語したが、胸のうちには、むずかゆい悦《よろこ》びがこみあげていたものであった。

わしは六十五歳になった正月、ひそかに、心魂こめて、一個の香盆を手がけ、幾年かのちにそれを完成したら、もはや何もせずに、死を待とう、とおのれに誓った。

わしが、えらんだ構図は、巨勢金岡《こせのかなおか》の風神雷神であった。それをとりまく風神の風雲、雷神の雨雲、そして縁に配る麟鳳亀竜《りんぽうきりゅう》は、自ら意匠した。

厚い朴《ほお》の木を幅一尺、縦七寸の菱丸《ひしまる》形の楕円《だえん》形にし、それに生漆で布張りし、上に砥《と》の粉《こ》を刷《は》き、この蒔地《まきじ》をかわき次第研ぎ落して、黄朱、精朱を交互に塗りかさねて、その都度肌割れしないように、蠟《ろ》色炭《いろずみ》をもって研ぎ落し、そしてまた塗りあげること三百回、裏の香台に黒塗りすること五十回――この塗りが完成するまでに、三年を費した。

そして、愈々《いよいよ》彫りにかかったが、これは、幾年かかるか、見当もつかなかった。

またたく間に、六年が過ぎた。

なお、風神も雷神も、なかばも彫り上ってはいなかった。

明治四十三年——明治天皇が、秋の特別大演習に、岡山へ行幸される、という報がつたわるや、わしの枯れ身の内の血が、たぎった。

おのが、畢生《ひっせい》の作品もまた、あの新刀と同じく、陛下へ献上される運命にあったのだ、と直観したのである。

その日から、わしは、宛然《さながら》、狂人のごとく、寝食も忘れて、風神雷神に向った。

陛下西幸の日は、いよいよ迫った。香盆は、わしに血と汗をしぼり出させて、完成に近づいた。

そして、ついに——。

風神と雷神へ、目を入れることだけがのこされた。

その目入れのために、わしは、七日間絶食した。それから、愈々、刀を握って、香盆に向った。瞬間、眼前が暗紫色に烟《けぶ》る眩暈《めまい》が来、急速に、意識が遠のいた。

……ふっと、気がつくと、わしは、仰《あお》のけに倒れていた。起き上ったわしは、

「あっ！」

と、叫んだ。

香盆のまん中に、刀がまっすぐに突き刺さっていたのである。わしの八年間の努力

は、一瞬にして、水泡に帰したのである。刀の突き刺さった疵《きず》は、ほんの微《かす》かな、目にとまるかとまらぬくらいのものではある。しかし、いかに微小の疵とはいえ、疵は疵である。

陛下に、献上する希望は、潰《つい》えた。

わしは、風神雷神の香盆を、さすがに、たたき割りこそしなかったが、ありあわせの函《はこ》へ投げ入れて、押入の奥ふかく、しまった。

……あれから、十年が経《た》つ。

わしは、何もして居《お》らぬ。ただ、ぼんやりと、生きのびて来た。無駄であった。いたずらに生きのびただけだ。

昨夜も、亡《な》き女房が、夢枕《ゆめまくら》に立ち居った。

「もう、そろそろ、こちらへ参られませぬか！」

来いと云われて、気がるに行かれるものでもないが、あの世とやらに、わしを夢中にならせる仕事があれば、明日にも行きたいとは思うて居る。

選者解説

縄田一男

これまで私は、新潮文庫で、親子をテーマとした『親不孝長屋』、さまざまな夫婦の登場する『世話焼き長屋』、そして第二の人生ともいうべき〝老い〟を扱った『たそがれ長屋』と、三冊の〈長屋〉シリーズと銘打ったアンソロジーを編集してきた。いずれも読者の方々の望外の好評を受けて版を重ね、ここに、職人もしくはそれに準じる人物を主人公とした第四弾『がんこ長屋』を上梓《じょうし》することになった。六篇の作品はどれも皆、逸品揃《ぞろ》い。ここに私の解説を加えるのは蛇足にすぎない、という気がしないでもないけれど、いささか思うところを記すので、読書の一助としていただければこれにまさる喜びはない。

○「蕎麦切《そばきり》おその」（池波正太郎）
食通の作者が、蕎麦切り名人の話を書いたのだから面白くないわけがない。しかも、かなりひねった設定であり、主人公のお園は、蕎麦と酒しか受けつけない特異体質の持ち主。そのお園の蕎麦切りの手捌《てさば》きは、アクロバチックな曲芸の域にまで達して大評判。しかし、出る杭《くい》は打たれるのたとえ通り、同業者の妨害を受け、次から次へ働く場所を転々としていかねばならなくなる。そうした周囲の仕打ちに対する屈折した心情や、男遊びを、作者は人間というもののふしぎな性《さが》として活写。そして、ある事件をきっかけに、彼女は食の楽しみを取り戻す。そしてラストで、お園のもう一つのいい職人技が繰り出されるのも読みどころというべきであろう。これほど多事多難な女の一生を短い枚数の中、切れ味よく描ける作家は、もはや少なくなってしまった。

○「柴《しば》の家」（乙川優三郎）

侍――それも旗本、御家人の家に生まれたといっても、次男、三男ほどみじめなものはない。実家は長男が継ぐことに決まっているし、他家へ養子に入るか、学問で身を立てるしか、未来を切り拓《ひら》く術《すべ》がない。主人公新次郎は、十七歳の折、家格も上の戸田家に養子に入り、既に二十年の月日が経《た》つ。病臥《びょうが》している義父は、八百石の家から養子に来た人物で、三百石の戸田家を貧しいと決めつけているようだし、「しばらくは妹と思えばよい」といわれた娘、多実《たみ》との祝言《しゅうげん》は、もはやはじめから決められていたようなもの。しかし、冷え切った人間関係に途方にくれていた新次郎はあるとき付き合いで向島へ紅葉狩に出かけ、陶工の瀬戸助と孫娘のふきに会うことになる。作者は巧緻《こうち》な筆捌きで、新次郎が武家社会から陶工の社会へ越境するさまを活写。見事な出来栄《できば》えといえよう。

○「火術師」（五味康祐）

この素晴らしい作品に何の解説がいるであろう。何度読んでも最後には涙で活字が見えなくなる。今回は、作者がこの作品を書かざるを得なかった、彼が背負った十字架についてのみ記しておこうと思う。それは、一九六五年七月二十四日、名古屋市瑞《みず》穂《ほ》区堀田通りで自ら乗用車を運転していて、横断中の六十六歳の婦人と六歳になるその孫をはねてしまい、死亡させるという事故を起こし、起訴されたという事件であり、翌六六年、禁固一年六カ月、執行猶予五年という判決を受け、これに服した、というものである。五味は事件後約半年間、筆を折るが、再起第一作として発表されたのが短篇「自日没（にちぼつより）」だ。これは上意討ちを背景とした作品だが、阿波徳島の城下で、家老の倅《せがれ》を斬《き》って逐電した医師が、平家の落人の里に潜伏、折から疫病《えきびょう》がはやったため、自分の所在が判明するのを承知で治療に当たるという物語である。

そして「火術師」のラストとは――といえば、もはや贅言《ぜいげん》を要さずとも明らかであろう。これらの作品が贖罪《しょくざい》の意識をもって書かれたことは明らかであり、作者、魂の一作といえよう。

○「下駄《げた》屋おけい」（宇江佐真理）

実に気持ちの良い作品ではないか。太物屋「伊豆屋」の娘けいは、「下駄清」という下駄屋の職人彦七のつくった下駄が大好き。あんまり履きやすいので、歯が磨り減ってしまうまで履く。その下駄清の主《あるじ》、清吉には、巳之吉《みのきち》という息子がいたが、お店の金を持ち出して行方をくらませていた。この作品のミソは、けいの巳之吉に対する思いと彦七のつくる下駄が二重に重ね合わされていく点であろう。その一方でけいには次々と縁談が持ち込まれるようになり、到頭、履物問屋の「甲子屋《きねや》」へ嫁ぐことが決まってしまう。そして、嫁ぐけいのため極上の下駄をつくると彦七が約束したのだが――。もうこの先は書くまい、書くまい。父、善兵衛の「足許《あしもと》から固めたか」の一言は思わず、うまい、といわずにはいられないだろう。実に嬉《うれ》しくなる結末ではないか。

○「武家草鞋《わらじ》」（山本周五郎）

「人間は正しく生きようとすると」「……とかく世間から憎まれるものです」という宗方《むなかた》伝三郎は、新庄藩の家督問題の際、藩を退転し、武士でなくとも清い生活をしたいと思い、苦労を重ねるが大抵は世間が欺瞞《ぎまん》と狡猾《こうかつ》に満ちていることに絶望することになって、山中で暮らしている老人と孫娘に拾われる。伝三郎は草鞋づくりにたけていて、ようやく一つの安息を得るが、彼のつくる草鞋が丈夫すぎて、なかなか消耗品とならず、いつまでも、次を買いに来る者がいない。数が出るから儲《もう》けにもなるので、緒付けのところなど、もう少し手を抜いてくれないか、と頼まれる。再び絶望して旅立とうとした彼に向けられた老人の「世間というものはこなた自身から始るのだ」ともう「廉直、正真は人に求めるものではない」「……そこにある文机《ふづくえ》をごらんなさい」ともいうことばこそ、世の真実——。ものつくりを越えて、大きなテーマにたどりつく、周五郎らしい短篇といえよう。

○「名人」（柴田錬三郎）

さて、最後は、シバレンこと柴田錬三郎の名品で幕となる。シバレンといえば、常に苦虫を噛《か》みつぶしたような顔をして、某社の編集部が彼の笑った顔を撮影しようとして何時間もかかったなど、さまざまな伝説の持ち主であり、五味康祐の奇行とともに文士が自身のポーズによって作品のモチーフまでをも表わそうとした最後の作家ではあるまいか。そのシバレン、例えば眠狂四郎に扮《ふん》した市川雷蔵と並んだ写真でも、天晴《あっぱ》れ、ダンディに見えるから嬉しくなるではないか。収録作品は、ある種、狂気の刀工の生涯を辿《たど》った鬼気迫るものだが、彼の最後の作品は、この作品とは正反対、真《しん》摯《し》なまでの刀工を描いた「一心不乱物語」であった。私の考えるところ、シバレンほど慈愛に満ちた作家はなく、彼の偽悪家としてのポーズは、精神をかなぐり捨てて、物質文明にはしった日本人に対する違和感へのささやかなレジスタンスであったような気がしてならない。そうした視点から本篇の主人公を見れば、残るのは、そのようにしか生きられなかった主人公に対する悲哀である。彼もまた眠狂四郎の眷属《けんぞく》の一人なのである。

以上六篇、〝職人〟というテーマから広がる物語の面白さを楽しんでいただきたいと思う。

（平成二十五年八月、文芸評論家）

底本一覧

池波正太郎「蕎麦切おその」（新潮文庫『おせん』）
乙川優三郎「柴の家」（講談社文庫『夜の小紋』）
五味康祐「火術師」（新潮文庫『時代小説の楽しみ⑤江戸市井図絵』）
宇江佐真理「下駄屋おけい」（集英社文庫『深川恋物語』）
山本周五郎「武家草鞋」（新潮文庫『つゆのひぬま』）
柴田錬三郎「名人」（光風社『名人』）

表記について

新潮文庫の文字表記については、原文を尊重するという見地に立ち、次のように方針を定めました。

一、旧仮名づかいで書かれた口語文の作品は、新仮名づかいに改める。
二、文語文の作品は旧仮名づかいのままとする。
三、旧字体で書かれているものは、原則として新字体に改める。
四、難読と思われる語には振仮名をつける。

なお本作品集中には、今日の観点からみると差別的表現ととられかねない箇所が散見しますが、著者自身に差別的意図はなく、作品自体のもつ文学性ならびに芸術性、また当該作品に関して著者がすでに故人である等の事情に鑑み、原文どおりとしました。

（新潮文庫編集部）

池波正太郎著

忍者丹波大介

関ケ原の合戦で徳川方が勝利し時代の波の中で失われていく忍者の世界の信義……一匹狼となり暗躍する丹波大介の凄絶な死闘を描く。

池波正太郎著

編笠十兵衛（上・下）

幕府の命を受け、諸大名監視の任にある月森十兵衛は、赤穂浪士の吉良邸討入りに加勢。公儀の歪みを正す熱血漢を描く忠臣蔵外伝。

池波正太郎著

まんぞくまんぞく

十六歳の時、浪人者に犯されそうになり家来を殺されて、敵討ちを誓った女剣士の心の成長の様を、絶妙の筋立てで描く長編時代小説。

池波正太郎著

原っぱ

旧作の再上演を依頼された初老の劇作家の心の動きと重ねあわせながら、滅びゆく東京の街への惜別の思いを謳った話題の現代小説。

池波正太郎著

夢の階段

首席家老の娘との縁談という幸運を捨て、微禄者又十郎が選んだ道は、陶器師だった――表題作等、ファン必読の未刊行初期短編9編。

池波正太郎著

剣の天地（上・下）

戦国乱世に、剣禅一如の境地をひらいて新陰流の創始者となり、剣聖とあおがれた上州の武将・上泉伊勢守の生涯を描く長編時代小説。

乙川優三郎著

五年の梅

山本周五郎賞受賞

主君への諫言がもとで蟄居中の助之丞は、ある日、愛する女の不幸な境遇を耳にしたが……。人々の転機と再起を描く傑作五短篇。

乙川優三郎著

露の玉垣

露の玉のように消えていった名もなき新発田藩士たち。実在の人物、史実に基づき、儚い家臣の運命と武家社会の実像に迫った歴史小説。

乙川優三郎著

逍遥の季節

三絃、画工、糸染、活花……。男との宿縁や恋情に後ろ髪を引かれつつも、芸を恃みにして逆境を生きる江戸の女を描いた芸道短編集。

宇江佐真理著

春風ぞ吹く

—代書屋五郎太参る—

25歳、無役。目標・学問吟味突破、御番入り——。いまいち野心に欠けるが、いい奴な五郎太の恋と学問の行方。情味溢れ、爽やかな連作集。

宇江佐真理著

深尾くれない

短軀ゆえに剣の道に邁進し、雖井蛙流を起こした鳥取藩士・深尾角馬。紅牡丹を愛した孤独な剣客の凄絶な最期までを描いた時代長編。

宇江佐真理著

無事、これ名馬

「頭、拙者を男にして下さい」臆病が悩みの武家の息子が、火消しの頭に弟子入り志願するが……。少年の成長を描く傑作時代小説。

山本周五郎著
赤ひげ診療譚

小石川養生所の〝赤ひげ〟と呼ばれる医師と、見習い医師との魂のふれ合いを中心に、貧しさと病苦の中でも逞しい江戸庶民の姿を描く。

山本周五郎著
ながい坂（上・下）

下級武士の子に生れた小三郎の、人生という〝ながい坂〟を人間らしさを求めて、苦しみつつも着実に歩を進めていく厳しい姿を描く。

山本周五郎著
ちいさこべ

江戸の大火ですべてを失いながら、みなしご達の面倒まで引き受けて再建に奮闘する大工の若棟梁の心意気を描いた表題作など4編。

山本周五郎著
四日のあやめ

武家の法度である喧嘩の助太刀のたのみを、夫にとりつがなかった妻の行為をめぐり、夫婦の絆とは何かを問いかける表題作など9編。

山本周五郎著
あんちゃん

妹に対して道ならぬ感情を持った兄の苦悶とその思いがけない結末を通して、人間関係の不思議さを凝視した表題作など8編を収める。

山本周五郎著
楽天旅日記

お家騒動の渦中に投げ込まれた世間知らずの若殿の眼を通し、現実政治に振りまわされる人間たちの愚かさとはかなさを諷刺した長編。

がんこ長《なが》屋《や》

―人情時代小説傑作選―

新潮文庫　い-16-99

平成二十五年十月一日発行

著者　池波正太郎　乙川優三郎　五味康祐　宇江佐真理　山本周五郎　柴田錬三郎

発行者　佐藤隆信

発行所　株式会社 新潮社

郵便番号　一六二―八七一一
東京都新宿区矢来町七一
電話　編集部(〇三)三二六六―五四四〇
　　　読者係(〇三)三二六六―五一一一
http://www.shinchosha.co.jp

価格はカバーに表示してあります。

乱丁・落丁本は、ご面倒ですが小社読者係宛ご送付ください。送料小社負担にてお取替えいたします。

印刷・二光印刷株式会社　製本・憲専堂製本株式会社

ISBN978-4-10-139729-0 C0193